BUNKER

Paru dans Le Livre de Poche :

L'ARMURE DE VENGEANCE
AVIS DE TEMPÊTE
BAIGNADE ACCOMPAGNÉE
LA CAPTIVE DE L'HIVER
LES CAVALIERS DE LA PYRAMIDE
1. Les Cavaliers de la pyramide
2. Le Jardin des idoles
LA CHAMBRE INDIENNE
LE CHÂTEAU DES POISONS
LE CHIEN DE MINUIT
CONAN LORD
LES EMMURÉS
LES ENFANTS DU CRÉPUSCULE
L'ENFER, C'EST À QUEL ÉTAGE ?
LA FILLE DE LA NUIT
ICEBERG LTD
LE LABYRINTHE DE PHARAON
LA MAIN FROIDE
LE MANOIR DES SORTILÈGES
LA MÉLANCOLIE DES SIRÈNES PAR TRENTE MÈTRES DE FOND
LE MURMURE DES LOUPS
LE NUISIBLE
PÈLERINS DES TÉNÈBRES
LA PRINCESSE NOIRE
LES PRISONNIÈRES DE PHARAON
LE SOURIRE NOIR

SERGE BRUSSOLO

Bunker

ÉDITIONS DU MASQUE

AVERTISSEMENT

Ce roman étant un strict produit de l'imagination de l'auteur, toute ressemblance – de quelque nature que ce soit – avec des personnes existant, ou ayant existé, ne serait qu'un pur effet du hasard.

ISBN : 2-253-11396-4 – 1re publication – LGF
ISBN : 978-2-253-11396-6 – 1re publication – LGF

1

Accrochée au bord de la falaise, la villa paraissait minuscule, fragile et, pour tout dire, en équilibre instable.

De rares ouvertures semblables à des meurtrières perçaient ses parois épaisses et blanches. Sous la morsure du soleil, elles faisaient penser à des paupières que l'éblouissement aurait changées en de minces fentes frangées d'ombre. Une haute grille de fer aux barreaux serrés entourait la véranda ; elle fermait le seul accès possible, achevant de donner à la bâtisse l'allure d'une prison.

Nuco se coula un peu plus entre les roches, grinçant des dents quand les pierres chauffées frôlaient sa chair rouge d'Indio sous laquelle les muscles se nouaient au rythme de la lente reptation. Il avait un nez busqué, des pommettes saillantes, et une chevelure d'un noir de jais que le ruissellement de la sueur avait agglutinée en lanières huileuses. Il s'immobilisa dans la poussière. À deux mètres, au fond d'un trou noyé d'obscurité, un iguane égaré le fixait, la gorge palpitante, raclant de temps à autre la pierre avec les longues épines osseuses jaillissant de son échine. L'œil de la bête chercha celui de l'homme, comme pour une interrogation muette. « Qu'est-ce que tu fiches là, sur *mon* territoire, à me voler la bonne chaleur des pierres ? » semblait dire l'animal. Nuco leva doucement la tête. Miss O avait dit vrai : la grille faisait corps avec les murs de l'habitation et s'élevait jusqu'au premier étage. Devant, en terrasse, on avait essayé d'implanter un jardin colonial en réduction, mais le manque d'eau rabougrissait les palmiers. Nuco jura, ce n'était pas une maison, plutôt une cage ; une cage aux serrures à toute épreuve. D'un revers de main il essuya la sueur qui lui coulait dans les yeux et se remit à ramper. Il ne lui fallut que cinq minutes pour franchir la ceinture de barbelés. Ce n'était pas difficile, il avait fait cela des milliers de fois à l'entraînement, lorsqu'il était soldat... *dans une autre vie*. Il serra les mâchoires, essayant de ne pas prêter attention aux piquants d'acier qui lui lacéraient les omoplates. Son passage à l'armée lui avait appris à négliger la douleur, la sienne comme celle des autres. Il savait que Miss O l'attendait à cent mètres en arrière, au creux d'un bouquet de palmiers, là où il avait garé quelques instants plus tôt la vieille camionnette pleine de l'odeur des fourmis grillées dont il transportait des sacs entiers au marché. Il s'arrêta une seconde pour souffler. Dans cette atmosphère de fournaise, le moindre effort devenait une épreuve, même pour un enfant du pays. Le ciel blanc pesait sur lui tel un plafond en train de s'abattre. Il eut l'impression que les nuages allaient l'écraser, le forçant à rentrer sous terre, et il repoussa de toutes ses forces cette peur superstitieuse prenant racine dans les croyances de sa tribu. Miss O lui avait appris à se dégager du fatras magique dont se moquaient les Blancs. Elle lui avait donné une conscience politique. Oui, c'était ainsi qu'elle disait : « une conscience politique », il ne savait pas exactement ce que cela signifiait, mais il était fier d'avoir accédé à ce stade d'initiation. C'était sans doute quelque chose comme la cérémonie du Grand Lézard, chez les Hayacamaras, quelque chose qui faisait de vous un homme à part entière… Enfin, il avait décidé de voir les choses sous cet angle.

Il se ressaisit, la chaleur avait toujours tendance à le faire divaguer, à le plonger dans une torpeur proche de l'hallucination. S'il y cédait, il pouvait rester des heures à fixer une pierre ou… un iguane.

Il n'y avait qu'un garde dans la maison, et de lui seul dépendait l'ouverture des grilles. L'unique problème était d'amener cette sentinelle invisible à se risquer à l'extérieur du bâtiment, comme un animal dont on enfume le terrier. Bloquant son souffle, Nuco se redressa. En cinq enjambées, il fut contre le mur brûlant du bâtiment, à côté du bassin à poissons qui jouxtait la paroi. Il haletait un peu. La poussière lui avait laissé un goût de craie sur les lèvres. Avec d'infinies précautions, il sortit le bocal de verre de la musette qui battait sa hanche et entreprit d'en dévisser le couvercle sans faire crier le métal. Ici, le silence était tel que le moindre bruit prenait un relief effrayant. Il baissa les yeux vers le bassin. L'eau semblait un pan de ciel découpé au carré. Un ciel liquide où s'ébattaient les poissons.

⁂

Sous la terre, dans les racines de la villa, la climatisation peinait pour maintenir une température acceptable.

Au centre de la pièce, englué dans la pénombre, l'homme affaissé au creux du grand fauteuil de cuir semblait dormir. C'était un ancien parachutiste des escadrons noirs qui commençait à s'empâter. Trop de bière sans doute, de cette *Nevada* qu'on disait meilleure que la *Coors* des gringos, et qui se buvait comme de l'eau fraîche. Il se faisait appeler Manuel Extravieja, mais il avait porté bien d'autres noms, et les escaliers lui faisaient le souffle court depuis quelque temps. Chaque fois qu'il sentait son cœur s'emballer il se promettait de se remettre à l'entraînement, de faire du jogging autour de la villa afin de faire fondre cet œuf colonial qui lui pesait sur les cuisses quand il s'asseyait. Le pire, c'était cette tendance à la somnolence qui lui tombait dessus dès qu'il cessait de remuer. Est-ce qu'il était en train de vieillir ? *Puta !* Il n'y avait pourtant pas si longtemps qu'il dégringolait encore des nuages au bout de son parachute pour nettoyer les maquis au lance-grenades ! Pourquoi est-ce que ça filait si vite, une vie d'homme ?

La lueur verte et dansante de l'eau palpitant derrière la vitre de l'aquarium déformait étrangement son visage ingrat au gros nez en bec d'urubu. Dérangé par les irisations qui s'insinuaient sous ses paupières mi-closes, il ouvrit les yeux et fit pivoter la coquille d'acier du fauteuil pour mieux embrasser le spectacle se déroulant derrière la vitre blindée scellée dans le mur. Une myriade de taches d'or à nageoires rouges amorçait une courbe lente, se dissolvait en éclatements souples, se rassemblait dans une touffe de végétation aquatique, stagnait... Manuel fit encore grincer le siège en le rapprochant de la paroi transparente. À présent, des poissons – dont la tache unique ressemblait à un œil de bande dessinée – piquaient sur la plaque de verre, sabraient l'eau d'un coup de queue et, changeant de trajectoire une fraction de seconde avant la collision, filaient vers le rectangle étincelant de la surface. Manuel Extravieja croisa les bras sur sa poitrine grasse, juste au-dessous du holster de cuir tressé dont le frottement lui irritait l'aisselle, et d'où émergeait la crosse quadrillée d'une arme piquetée par l'oxydation. Tout rouillait dans ce foutu pays. Les voitures, les fusils, les avions... Peut-être bien qu'il était lui-même en train de rouiller, qui sait ? Peut-être qu'il avait eu tort de quitter le service de sécurité de la mine d'or de Pitsacoa pour devenir le garde du corps d'Adolfo Parduras, le chef de la Compagnie ? Là-bas, à la mine, cogner sur les Indios vous maintenait en forme. Rien de tel qu'un bon petit passage à tabac pour vous faire fondre la graisse. C'est en arrivant ici qu'il avait commencé à faire du lard. En veillant sur les *putas* du chef d'exploitation. Ce n'était pas un travail d'homme. Et puis il n'aimait pas ces filles qui se promenaient cul nu, toute la journée, sans s'occuper de lui, comme s'il n'existait pas, comme s'il n'était pas un homme, lui aussi. Parfois, il se demandait si elles ne s'amusaient pas à le provoquer, à lui tendre des pièges… Mais s'il avait eu le malheur de répondre à leurs invites, elles auraient couru raconter au señor Parduras qu'il avait essayé de les violer. Il ne fallait pas plaisanter avec ça. Le señor Parduras était un homme capable de vous coller le canon d'un pistolet sur la tempe et de vous dire : « Mon bon Miguel, tu as fait l'idiot, alors tu vas prendre cette machette, et tu vas *toi-même* te couper la main gauche, celle que tu as posée sur ma petite Adelina. Je sais que tu peux le faire proprement, du premier coup. Je vais compter jusqu'à trois… »

Oui, voilà où ça pouvait mener de répondre aux provocations des *putas*, alors il valait mieux penser à autre chose. Aux poissons, par exemple…

Il plissa les yeux, hypnotisé. Il avait ordre de ne quitter la maison sous aucun prétexte, de ne jamais ouvrir les grilles, mais – fasciné comme il l'était par le ballet des poissons – une salve de canons de marine n'aurait pu le déloger de son fauteuil. Les aquariums étaient devenus sa passion, la seule chose qui éveillât en lui un incompréhensible frisson, et cette manie lui avait toujours valu les moqueries de ses camarades de gâchette. Il était lui-même incapable d'expliquer ce phénomène, et il ne cherchait pas à s'interroger plus avant. Mais une sorte d'étrange sérénité s'emparait de lui dès qu'il commençait à fixer la vitre d'un aquarium. « C'est ton zen ! » avait diagnostiqué un ancien du Vietnam qui faisait maintenant le pilote pour la société minière de Pitsacoa. Manuel avait accepté cette sentence sans discuter. Les vétérans savaient un tas de choses sur l'occultisme et les philosophies inventées par les Bridés, certains d'ailleurs prétendaient n'avoir survécu à l'enfer qu'en raison des forces magnétiques dont ils avaient su s'entourer. Est-ce qu'ils étaient complètement branques ? Manuel n'en savait rien. Il faisait trop chaud à San-Carmino pour qu'on puisse réfléchir. Dès qu'on pensait, les veines de votre cerveau se mettaient à enfler et la migraine vous sciait la tête en deux. Il haussa les épaules et plongea son regard dans les profondeurs troubles du bassin.

À vrai dire, l'aquarium de la villa ne ressemblait pas aux cages vitrées ordinaires, c'était plutôt une coûteuse fantaisie d'homme riche. Mais le señor Parduras avait les moyens !

Il y avait dans le jardin un bassin qui faisait corps avec l'un des murs du bâtiment. On en avait vitré la paroi donnant sur le sous-sol, le transformant ainsi en aquarium géant. Le verre, à l'épreuve des déflagrations, aurait pu supporter sans dommage l'éclatement d'une grenade à billes. Cet agencement – que peu de gens connaissaient, du reste – n'avait donc en rien affaibli la sécurité du bâtiment.

Une colonie de petits fuseaux noirs hantait la végétation sous-marine, s'envolant dès qu'une nageoire étrangère frôlait les feuilles molles qui s'étiraient en longues chevelures vers la surface. Manuel ferma un instant les yeux, il se sentait bien. La thérapie agissait, il ne pensait plus à Adelina Perez, la *puta* qui dormait en ce moment même au premier étage sans rien sur la peau… Non, il n'y pensait plus du tout. *Enfin presque…*

Il ne perçut pas tout de suite le changement qui s'opérait de l'autre côté de la vitre. À présent, des nuées de poissons en folie s'entrecroisaient en un ballet chaotique, venaient heurter le verre, puis filaient sous les herbes et les roches comme pour s'y dissimuler. Ce n'est qu'au bout d'une minute qu'il vit l'intrus : noir, plat et rond, avec sa mâchoire proéminente et ses nageoires dorsales en oriflammes déchirés. Il piquait d'un coup de queue, sa gueule dentelée grande ouverte, déchirant les écailles d'or des fuyards, les faisant basculer sur le dos, les déchiquetant en deux ou trois morsures goulues. En quelques secondes l'aquarium se mua en champ de bataille. Manuel se propulsa vers la vitre, la frappant du plat de la paume. Sa peau humide claquait sur la surface lisse avec un bruit de ventouse. Il fallait arrêter ça ! *À tout prix !* Les poissons, c'était à peu près la seule chose qui lui permettait de conserver la tête froide au milieu des filles qui passaient leurs après-midi à bronzer nues sur la terrasse.

Stupéfait, incapable de réfléchir, il se demanda d'où sortait le poisson carnivore qu'il n'avait jamais vu auparavant. Ses mécanismes mentaux s'embrouillaient, hurlaient comme des engrenages mal graissés. Les hypothèses se bousculaient, absurdes. Il n'arrivait plus à penser, il ne voyait que l'animal au profil de monstre marin qui forait son chemin entre les herbes alanguies, happant les queues au passage, trouant les ventres. Manuel jura, il ne pouvait plus supporter pareille tuerie. Le cerveau bloqué sur cette évidence, il chercha la clef de la grille dans sa poche, courut vers l'escalier. Il tremblait presque en se demandant s'il réussirait à attraper la bête avec une épuisette avant que l'aquarium ne soit complètement dévasté. Lorsqu'il poussa le vantail blindé de la grille, ses doigts s'emmêlèrent. En deux enjambées il fut au bord du bassin. Il s'agenouilla aussitôt, plongea son bras armé de l'épuisette sans même relever sa manche de chemise.

Le coup l'atteignit en pleine nuque. Il eut un brusque goût de sang dans la bouche et s'écroula en avant, la tête dans l'eau.

Sa dernière pensée fut « Quel con ! » mais il était trop tard.

Nuco rejeta le manche de pioche dont il s'était servi, délesta l'homme de son revolver, de sa clef, puis sourit. Il avait tout d'abord pensé à descendre dans le bassin pour y défoncer la vitre et bondir dans le sous-sol, mais Miss O l'avait mis en garde contre l'éventuelle résistance de la paroi de verre qu'elle croyait blindée, à la façon du pare-brise des véhicules de transports de fonds. L'idée du poisson était bien meilleure. Il suffisait pour cela de connaître le point faible de la sentinelle, cet imbécile de Manuel Extravieja qui se prenait pour un moine bouddhiste parce que les poissons lui avaient appris la sagesse ! *Le garde du corps qui aimait les poissons rouges*… on aurait cru le titre d'un tango nostalgique, de ceux qu'on joue en fin de soirée, quand la fatigue envahit les bals et que les danseurs commencent à traîner les pieds. Le pauvre bougre n'avait même pas pris le temps de refermer la grille. Nuco parcourut rapidement les pièces du rez-de-chaussée, s'assura qu'il n'y avait personne, ressortit et siffla dans ses doigts. Tout était bien comme Miss O l'avait décrit. Au bout de quelques secondes la jeune femme apparut. Elle était vêtue d'une combinaison de motard en cuir noir, et les semelles de ses bottes s'enfonçaient dans le sable de l'allée, rendant sa progression difficile.

– Il était seul, murmura Nuco en lui tendant le revolver.

La jeune femme hocha la tête et prit l'arme. Comme chaque fois qu'elle se lançait dans une action violente, ses narines palpitaient à un rythme accéléré.

– Attends-moi là, lâcha-t-elle d'une voix sourde, et en évitant le regard suppliant de l'Indien.

Quand elle grimpa les marches, le cuir de sa combinaison crissa désagréablement. Nuco tourna la tête. Il savait ce qu'elle allait faire à l'intérieur de la maison et il préférait ne pas y assister. S'il lui était indifférent de tuer un homme, il n'en allait pas de même en ce qui concernait les femmes. C'était du reste pour cela qu'il avait quitté l'armée. Il n'était pas un vrai *macho*. Non, les femmes et les enfants, il n'avait jamais pu. Et cela avait nui à son avancement. Il s'approcha du bassin-aquarium. Le garde du corps flottait à la verticale, la tête hors de l'eau. Du sang coulait de ses oreilles et de son nez, répandant au sein du liquide une sorte de panache sombre. Attirés par ce festin inespéré, les poissons qu'il avait tant aimés circulaient au milieu des volutes rougeâtres, la bouche dilatée par la gourmandise.

Nuco ramassa le manche de pioche. Il était content d'avoir imaginé la ruse du poisson-piège. Lorsque la petite métisse qui faisait le ménage deux fois par semaine à l'intérieur de la villa-forteresse lui avait parlé de la passion puérile du gorille de service pour les aquariums, il avait tout de suite songé au *lobapango*, ce petit poisson de rivière proche cousin des féroces *piranhas*. Oui, ç'avait été une bonne idée.

Il s'assit sur les marches. Maintenant il fallait attendre. Il espéra que la femme ne crierait pas, il détestait cela. Son regard se posa sur le cadavre qui flottait, les bras à la dérive, le visage tourné vers le fond. Il songea qu'avant ce soir le *lobapango* aurait commencé à lui dévorer les lèvres, le nez et la langue. Surtout la langue.

⁂

Miss O s'immobilisa au centre du grand hall carrelé, goûtant la fraîcheur de l'air conditionné sur le cuir brûlant de la combinaison. Elle eut une seconde d'absence, se secoua et se coiffa enfin du casque intégral qu'elle avait jusque-là conservé sous son bras. La visière « miroir » gommait totalement ses traits, transformant sa tête en une boule noire et scintillante qui n'était pas sans évoquer le heaume d'un chevalier ou le crâne inhumain et métallique d'un robot.

Mécaniquement, elle examina l'arme prise au gorille assassiné. C'était un *Nagant*, ce revolver imaginé par un Belge, et qui devint l'arme standard des troupes soviétiques durant la Seconde Guerre mondiale. Le modèle qu'elle tenait entre les mains, à double action, avait jadis été réservé aux officiers. Comment un garde du corps professionnel avait-il pu choisir une arme aussi démodée ? Mais il ne fallait pas s'en étonner outre mesure, les hommes entretenaient souvent de curieux rapports fétichistes avec leurs outils de travail. Ce *Nagant* avait sûrement une histoire... Peut-être avait-il plusieurs fois sauvé la vie du gorille qui flottait en ce moment même dans le bassin aux poissons ? Il ne fallait sans doute pas chercher plus loin les raisons de cet attachement irrationnel. C'était un revolver porte-bonheur dont, cette fois, la magie avait été inopérante. Elle fit basculer le barillet, il contenait sept balles de 7,62. Elle n'en utiliserait que trois, *comme d'habitude*...

Elle fit courir en direction de son nombril la fermeture à glissière de la tenue de moto. Malgré le talc, le cuir du vêtement avait adhéré à sa peau nue. Elle l'en décolla avec un chuintement mouillé. Entre ses seins un peu trop lourds, les trois grains de beauté formaient une ligne parfaite. De taille et de forme identiques, ils paraissaient presque artificiels sur sa peau très brune, comme tatoués à l'encre noire.

Elle posa le pied sur la première marche de l'escalier, veillant à se déplacer le long du mur pour ne pas faire craquer le bois. Au fur et à mesure qu'elle montait, l'air conditionné s'installait en maître, repoussant la chaleur moite de son halo réfrigéré. Lorsqu'elle fut en haut, elle eut presque froid. La sueur séchait sur sa peau, s'évaporait dans le souffle des bouches de climatisation. Elle s'orienta. Les pièces avaient été meublées avec mauvais goût. Des objets de luxe, des antiquités précolombiennes, voisinaient avec des bibelots de bazar. La momie ratatinée d'un grand prêtre côtoyait des poupées de fêtes foraines, des *piñatas*, des peintures sur velours. La lumière qui tombait des meurtrières noyait tout cela dans une semi-obscurité entrecoupée de grands rais de soleil où la poussière dansait en essaim serré.

Le revolver levé à la hauteur de l'épaule, la jeune femme se déplaça rapidement vers le fond du couloir. Dans la dernière pièce, elle découvrit Adelina Perez. La fille dormait, entièrement nue, sur un fauteuil relax. Des revues de mode et de cinéma jonchaient le sol. Ainsi que des romans-photos relatant la montée vers la gloire, le succès et l'amour de Rosita Cabrado, la petite cigarière échappée de l'enfer de Cuba. Beaucoup d'ouvrières et de serveuses suivaient avec passion les aventures de Rosita Cabrado. Une dizaine de flacons de vernis à ongles avaient été alignés en équilibre précaire sur l'accoudoir gauche du siège. Certains s'étaient renversés et répandaient un parfum écœurant qui rappelait celui des bananes confites. Les mains d'Adelina Perez reposaient sur ses seins, doigts largement écartés. Chaque ongle avait été peint avec une laque de couleur différente. Miss O eut une bouffée de mépris pour ces jeux de putain désœuvrée. À un moment, Adelina avait eu froid, car elle avait tiré sur ses cuisses un épais manteau de fourrure d'hermine blanche pour se protéger du souffle glacé de la climatisation tournant à plein régime. Le vêtement portait la griffe d'une boutique de luxe de Rodeo Drive, la rue chic de Beverly Hills, Los Angeles, Californie, USA.

À présent, Adelina Perez dormait, la tête penchée sur le côté, la bouche entrouverte. Ses longs cheveux noirs lui tombaient en pluie sur le visage ; malgré cela, on devinait sans grand-peine qu'elle était belle. Belle et saine, avec un rien d'agressivité vulgaire dans la ligne molle des lèvres trop pulpeuses. Les mains larges, avec leurs articulations noueuses, trahissaient l'origine ouvrière, la « basse extraction ». Un seau à champagne contenant une bouteille de Moët et Chandon, brut 1964, reposait sur les romans-photos.

La jeune femme en combinaison de cuir saisit l'un des flacons de laque colorée. D'un mouvement sec du poignet, elle en projeta le contenu sur le visage de la fille endormie. Le vernis corail s'aplatit en une suite d'éclaboussures lourdes qui dégoulinèrent en suivant la courbe des sourcils, l'arête du nez. La course visqueuse du produit éveilla un tressaillement sur le visage d'Adelina. Quand le vernis s'introduisit entre ses lèvres, elle cracha et se redressa brutalement, les yeux hagards. Il lui fallut une dizaine de secondes pour sentir la présence de la femme gainée de cuir, et son premier réflexe fut une grimace de colère capricieuse.

– Qu'est-ce que vous faites là ? vitupéra-t-elle d'une voix criarde qu'elle essayait tant bien que mal de rendre distinguée. Vous savez bien que j'ai horreur qu'on me regarde dormir ! Où est Manuel ?

Puis elle prit conscience du côté anormal de la situation : cette femme casquée, immobile, avec sa combinaison de cuir bâillant sur ses seins. Le vernis qui coulait. Brusquement elle eut peur. Enfin, elle avisa les trois grains de beauté sur la poitrine de l'inconnue. Trois taches à l'alignement parfait. Les trois points que la presse à sensation ne se lassait pas de décrire depuis six mois. Ces trois points qui, en alphabet morse, traduisent la lettre O. Un grand froid l'envahit, et il lui sembla que ses cordes vocales perdaient toute souplesse, condamnant sa gorge au silence. Elle voulut se redresser mais ne réussit qu'à renverser les autres flacons de vernis. Des rigoles épaisses zigzaguèrent sur son ventre, convergeant vers les poils crépus de son pubis. Instinctivement elle frotta sa peau avec le col du manteau d'hermine, mais ne fit qu'accentuer l'horrible barbouillage, zébrant son ventre de traînées multicolores.

– Manuel est mort, murmura la voix de l'intruse que la boule du casque rendait métallique ; il n'y a plus personne pour te protéger, Adelina Perez. Tu vas payer ta trahison.

– Quelle trahison ? balbutia Adelina en bavant des bulles de vernis. C'est quoi ces conneries ? Je ne fais pas de politique, j'ai juste couché avec Parduras, c'est tout…

– C'est vrai, tu as juste ouvert tes cuisses à Adolfo Parduras, fit la voix métallique, toi, une fille d'Indio. Tu t'es couchée sous le maître de la mine, tu as donné ta chatte au tyran de San-Carmino, l'exploiteur d'Indios. Et pendant que tu faisais semblant de jouir, tes frères crevaient au fond des galeries pleines d'eau croupie !

– Mais je travaillais à la cantine, plaida Adelina que la terreur rendait grise. J'étais serveuse ; si j'avais refusé, il m'aurait chassée…

– Je sais tout cela, siffla la femme de cuir, tu servais au réfectoire des cadres. Et un jour tu as laissé Parduras s'allonger sur toi. Tu as trahi tes frères pour devenir une poule de luxe. C'est cela que tu vas payer.

Le canon du *Nagant* se releva. Le doigt ganté de l'inconnue enfonça la détente. Les trois projectiles jaillirent à une vitesse initiale de 305 mètres/seconde, perforant la poitrine d'Adelina Perez suivant une ligne parfaite. La tueuse se répéta mentalement ce théorème : *305 mètres/seconde*, comme on récite un poème. Elle était fière de sa connaissance des armes. Adelina retomba lourdement sur le transat, la bouche grande ouverte. Les impacts dessinaient trois trous écarlates sur son sternum. Un O, en morse… Les balles étaient ressorties par le dos, avaient troué la toile du siège, avant de se ficher dans la stéréo. Des débris de poumons tachaient le tissu délicatement rose du fauteuil de plage. La femme casquée rejeta le *Nagant*. Elle se sentait soudain très fatiguée. D'un mouvement las, elle remonta la fermeture du vêtement de cuir puis, se saisissant d'un tube de rouge à lèvres (*Sérénade* de Peggy Sue Fairway) qui traînait sur la coiffeuse, elle dessina trois cercles sur le mur chaulé. Après quoi elle se détourna et dévala l'escalier. Dès qu'elle eut franchi le seuil, la chaleur la frappa de plein fouet, lui coupant la respiration. Prisonnière du casque intégral, elle haleta. Nuco, qui était assis sur les marches, se leva pesamment. La sueur avivait la teinte brique de son corps.

– Ça y est ? lâcha-t-il dans le seul but de dire quelque chose.

La jeune femme hocha affirmativement la tête et s'engagea sur le sentier. Elle se força à penser qu'elle aurait moins chaud dans le *pick-up* qui empestait les fourmis grillées. Nuco piétinait sur ses talons.

– C'était vraiment utile de la tuer ? interrogea-t-il d'une voix mal affermie. Après tout c'était une pauvre fille un peu pute. Elle n'avait aucune influence sur Parduras. Il l'aurait fichue dehors dans deux semaines pour la remplacer par une autre.

La jeune femme eut une crispation d'agacement.

– Ce qui est important, c'est de souligner que Parduras est vulnérable, martela-t-elle sans tourner la tête. Il faut affaiblir son image dans l'esprit des gens. Montrer qu'avec un peu de courage on peut lui infliger de grands préjudices…

Elle avait tant de fois répété cette argumentation que les mots finissaient par sonner creux dans sa bouche. Elle se demanda si ceux qui l'écoutaient ressentaient la même chose.

– Il va y avoir des représailles, marmonna Nuco en atteignant le bouquet de palmiers. On va lâcher la milice dans les bidonvilles. Et ce sera de ta… de notre faute.

Miss O s'arrêta brutalement. Ses bottes de moto crissèrent dans le gravier lorsqu'elle lui fit face.

– Et c'est cela le piège ! siffla-t-elle. En jouant la carte de la répression, Parduras amène de l'eau à notre moulin. Un jour, les gens en auront assez de subir son joug, alors notre heure sonnera…

Mais ses paroles sentaient la fatigue et elle leur trouva un goût de poussière. Elle haussa les épaules et poussa la portière de la camionnette. L'odeur des fourmis carbonisées lui leva le cœur.

2

Le bar était accroché aux rochers surplombant la plage, au milieu des cocotiers. L'énorme ventilateur suspendu au plafond avait la taille d'une hélice de Dakota. Chaque pale avait été peinte d'une couleur différente et, lorsque la machine se mettait en marche, le bleu, le rouge, le jaune se fondaient dans le tourbillon en un même gris terne. Parfois la tension baissait, provoquant l'arrêt de l'appareil. Alors, avec une maestria dénotant une longue habitude, le patron lançait une bouteille vide sur le tranchant de l'une des pales, et l'engin repartait en crachotant, brassant toujours le même air de serre chaude.

Oswald Caine cligna des paupières, hypnotisé par la rotation des couleurs. Il dut faire un effort pour se secouer et faillit tomber du sac à dos compact sur lequel il était assis. Au fond de la salle, le miroir tavelé lui renvoyait son image, celle d'un homme ayant dépassé la quarantaine, grand, nerveux. La chevelure et la barbe grises, coupées à quelques millimètres de la peau, avaient quelque chose de militaire. Sa veste de cuir à poches multiples sentait la sueur et s'écaillait aux coudes. On devinait sans peine qu'elle l'accompagnait fidèlement depuis de longues années.

Aux pieds, il portait des bottes de buckaroo, cent fois ressemelées, et dont la peau n'avait plus de couleur. C'était là une tenue de cow-boy égaré ou de marin venu vider un verre entre deux tempêtes. Il s'examina avec un dégoût désabusé. Qu'est-ce qu'il faisait là, à cette heure, *à son âge*, dans cette contrée d'Amérique latine oubliée de Dieu alors qu'il aurait pu en ce moment même siroter un daïquiri sur la plage de Malibu ? Est-ce qu'il était masochiste ? Irrémédiablement maso, comme ces anciens du Vietnam qui ne peuvent plus vivre que dans une peur quotidienne soigneusement entretenue ? Est-ce qu'il était devenu, peu à peu, et sans s'en rendre compte, un de ces drogués à l'adrénaline qui doivent sans cesse côtoyer la mort pour se prouver qu'ils sont vraiment vivants ? Il n'était pas loin de le croire et, contrairement à ce qu'assurent d'ordinaire les camés, il n'était pas certain de pouvoir arrêter lorsqu'il le voudrait…

Depuis deux heures la chaleur était véritablement insoutenable et une sorte de chape humide chargée de relents d'humus pesait sur chacun, amollissant les gestes. Caine coinça un billet sous sa bouteille de bière et marcha vers la porte en quête d'un peu de fraîcheur.

La route étirait son ruban poussiéreux le long de la plage, puis se perdait dans le moutonnement de la jungle. Plus loin, en contrebas, une vingtaine de buildings émergeaient des collines vertes. La forêt vierge mangeait lentement San-Carmino. Le barman lui avait raconté, tout à l'heure, qu'aux limites de la ville la végétation crevait l'asphalte pour envahir les cabines téléphoniques où elle continuait à pousser comme dans une serre, emplissant le réduit d'un invraisemblable fouillis végétal. Avec les pluies d'octobre, San-Carmino n'allait d'ailleurs pas tarder à se retrouver coupé du reste de la civilisation. Dérisoire îlot de béton perdu au milieu d'un océan de boue.

Débarqué depuis deux heures à peine de l'avion-taxi qui l'avait amené de la capitale, Caine avait le plus grand mal à reconnaître la ville. Qu'était devenue la luxueuse station balnéaire qu'il avait visitée deux ans auparavant ? Seul le port de plaisance paraissait encore intact. Le reste ressemblait davantage à un décor de film post-apocalyptique qu'à la « nouvelle Brasilia » évoquée par les revues d'architecture sur papier glacé.

Il rentra dans le bar. Dehors la pluie commençait à crépiter sur les feuilles, cinglant le toit de tôle ondulée de la *cantina* dans un vacarme de billes de verre éclatées. Pendant cinq minutes il fut presque impossible de se faire entendre, puis le déluge perdit un peu de son intensité. On n'était qu'en septembre, l'air n'était encore saturé d'humidité qu'à 75 %. C'était presque la sécheresse en comparaison de ce qui se produirait dans quinze jours.

– Vous êtes touriste ? cria le patron, les sourcils froncés, comme si la présence de Caine relevait d'une épouvantable énigme.

– Non, répliqua Oswald sur le même ton, je suis ici pour affaires.

– Vous avez quelque chose à vendre ?

– Non, je viens pour un héritage.

Au même instant la pluie redoubla, rendant toute conversation impossible. Caine saisit son sac à dos de cuir renforcé, prit une inspiration profonde et dévala les marches. Dehors la pluie mitraillait l'asphalte avec la force d'une lance d'incendie. Les doigts serrés sur les courroies du bagage, il se mit à courir. Sans la protection de la veste de peau, il aurait été transpercé par les rafales. Les lumières de la gare routière brillaient devant lui ; il se jeta dans la salle d'attente et s'adossa au distributeur de sandwiches. La machine était vide. Une flaque se forma autour de ses bottes. Il choisit de s'asseoir. Un joli petit lézard vert s'était introduit à l'intérieur du distributeur. Il se promenait d'une case vitrée à l'autre, cherchant une nourriture inexistante. Caine tourna la tête. L'engourdissement du décalage horaire lui plombait les paupières et ses idées se traînaient douloureusement dans sa tête. Il songea que quatre jours auparavant il était encore à Los Angeles, et la chose lui parut insolite, presque impossible. Mais entre-temps il y avait eu le télégramme… Le télégramme annonçant la mort de Cazinsky. Pourquoi s'était-il senti forcé d'accourir ? Bon Dieu ! Ce n'était pas son job ! Il était romancier populaire, pas détective… Il écrivait des *paperbacks*, des bouquins de drugstore, et il en retirait largement de quoi vivre, alors pourquoi ? Il n'avait rien d'un minable, il n'était ni alcoolique ni impuissant. Alors pourquoi courait-il toujours à l'abîme comme s'il ne rêvait que de tomber du haut d'une falaise ?

L'autocar venait de s'arrêter. Caine sortit brusquement de sa rêverie, sauta sur le marchepied, paya et avança dans l'allée séparant les sièges, entre les visages mal réveillés qui le scrutaient sans bienveillance. Pour atteindre sa place il dut faire attention de ne pas écraser les pattes des cochons et des poulets qui voyageaient avec les hommes, entravés par des ficelles, tels des baluchons vivants. Il se cramponna au repose-tête couturé dominant son fauteuil et se laissa tomber entre les accoudoirs. Le sac à dos heurta un genou féminin. C'était celui d'une grande femme brune osseuse, très hispanique, au visage long et plat nanti d'un grain de beauté sur l'aile gauche du nez. En dépit de ses traits trop accentués, elle avait une certaine grâce hautaine d'infante gagnée par la lassitude. Elle était vêtue d'un tailleur de lin blanc tropicalisé sous la veste duquel elle ne portait rien car il vit la tache d'un nombril dans le bâillement de deux boutons. Ce vêtement « chic » détonnait étrangement dans cet environnement de *campesinos* en chapeau de paille et poncho de toile de jute.

– Pardon, marmonna-t-il en espagnol.

Elle plissa le nez d'une façon affectée qu'elle croyait sûrement séduisante, et dit :

– Je ne porterai pas plainte.

Il se força à sourire et enfonça sa nuque dans le repose-tête crasseux. Il était épuisé. La moiteur du climat lui donnait l'impression d'être un bonhomme de papier découpé dans un buvard humide. Le car s'ébranla. Il fut tenté de fermer les yeux mais craignit de s'endormir et de rouler jusqu'au terminus. Pour combattre la fatigue, il s'obligea à regarder autour de lui. Il constata qu'il était le seul Blanc à l'intérieur du véhicule. Au milieu de toutes ces faces basanées, recuites par le soleil, sa pâleur avait quelque chose de malsain, de cadavérique.

– Vous êtes Américain ? questionna la fille.

– Californien, répondit Caine. De Los Angeles. Je viens d'arriver. Il n'y avait aucun taxi à la sortie de l'aérodrome. Qu'est-ce qui se passe ? Il y a une grève ?

Immédiatement les traits de la jeune femme se froissèrent, et il vit qu'elle esquissait un geste pour lui demander de parler plus bas.

– C'est la première fois que vous venez à San-Carmino ? souffla-t-elle.

– Non, j'y suis passé une fois déjà, il y a deux ans.

– *Ça explique tout*, chuchota-t-elle d'un air entendu. Il est arrivé pas mal de choses dans l'intervalle. De sales histoires : le terrorisme, la politique. La ville est en train de se vider. Je viens moi-même pour tenter de liquider le stock d'une boutique de lingerie de qualité qui marchait très bien. Je me présente : Angela Potrezzo.

– Enchanté. Oswald Caine, romancier.

– Romancier ?

– Oui, ne vous excitez pas : des romans policiers, rien de plus…

Un silence plein de gêne suivit soudain cette amorce de conversation. La fille en tailleur blanc se mordait nerveusement les lèvres comme si elle regrettait subitement d'avoir trop parlé. Caine chercha désespérément un sujet susceptible de meubler le temps mort, mais il lui sembla que tous les passagers du car tendaient l'oreille dans sa direction. Il jeta un bref coup d'œil autour de lui. Personne ne parlait plus et les regards déployaient beaucoup d'énergie pour ne fixer que le vide. Lorsqu'il se retourna vers sa voisine, il vit qu'elle avait adopté la même attitude, ne lui offrant plus que son profil aux lèvres serrées. Il n'eut pas le loisir de s'interroger davantage car le mufle blindé d'un véhicule de reconnaissance jaillit brusquement en travers de la route. Le chauffeur du bus cracha un juron et écrasa la pédale des freins. L'autocar chassa de l'arrière tandis que les voyageurs s'effondraient les uns sur les autres. Cochons et poulets terrifiés se mirent à brailler comme si on les égorgeait. Caine eut le réflexe de lever le coude pour se protéger le visage, mais Angela donna du front contre l'appuie-tête du siège de devant. Le choc la rejeta sur son fauteuil, une marque rouge au-dessus des sourcils, l'air égaré. Déjà, les portières du bus se repliaient dans un chuintement d'air comprimé. En partie anesthésié par la fatigue, Caine restait curieusement ailleurs, déconnecté. Il nota que le véhicule d'interception était du type Black III. On l'avait équipé d'une mitrailleuse Browning 50 M2, dont la cadence de tir frôlait les 500 coups/minute. Un homme en treillis et chapeau de brousse se tenait dans la tourelle, les mains rivées aux poignées de l'arme, pointant le canon entouré d'une grosse gaine de ventilation dans leur direction. D'autres « soldats » encerclaient l'autocar. Ils brandissaient des M16 et semblaient très nerveux. L'un d'eux sauta sur le marchepied, l'air mauvais ; il agita un 45 automatique *Military Model* dans l'axe de la travée, comme s'il se préparait à faire du tir sur cible.

– Tout le monde dehors ! hurla-t-il, les mains sur la nuque, et vite !

Personne ne protesta, Caine s'aperçut qu'Angela Potrezzo était devenue d'une blancheur de craie. Le bus se vida par l'avant et par l'arrière. Chaque fois qu'un passager posait le pied sur le sol, il était aussitôt happé par deux militaires qui le plaquaient sans ménagement sur la tôle brûlante du véhicule pour le fouiller de la tête aux pieds. Sortant de son apathie, Caine constata qu'on allait jusqu'à déboutonner les chemises des hommes et à leur rabattre le pantalon sur les chevilles. Ceux qui ne portaient pas de caleçon en étaient réduits à exhiber leurs fesses brunes. Pendant ce temps la grosse Browning cliquetait sur son axe et les bouches noires des fusils d'assaut décrivaient dans l'air des courbes menaçantes. Comme les autres, Angela fut poussée contre le flanc du car, et un militaire troussa sa jupe sur ses hanches. Il procédait par gestes secs, mécaniques, en rajoutant dans la dureté pour qu'on ne puisse pas l'accuser de complaisance. La veste de tailleur fut si brutalement ouverte qu'un bouton sauta. La jeune femme ne portait pas de soutien-gorge et ses seins trop lourds tremblèrent lorsqu'on la fit pivoter pour examiner ses omoplates. Malgré la chaleur sa peau était couverte de chair de poule, et la peur fripait ses aréoles, hérissant ses tétons de façon incongrue. Caine déglutit avec peine. Cela lui rappelait les fouilles de dealers aux États-Unis, les drogués qu'on forçait à s'aligner le long des murs, entièrement nus… À quoi rimait cette visite médicale en plein air ? Il tendit son passeport au moment où on le saisissait par l'épaule. Les soldats marquèrent une hésitation, considérèrent sa peau trop blanche avec une grimace dont on ne pouvait dire si elle était de surprise ou de défiance. Caine remarqua qu'aucun d'entre eux ne portait de marques distinctives : ni insigne ni galon. Les treillis étaient comme des vêtements de commando enfilés pour perpétrer un mauvais coup, anonymes. On feuilleta le petit livret tandis qu'un homme en casquette de brousse le fouillait superficiellement. *A priori* on ne l'estimait pas suspect. Angela se rhabillait avec des gestes maladroits. Les boutons tremblaient entre ses doigts. Elle était blême et sa bouche tressautait au rythme d'un tic nerveux. Sous l'effet de la sueur ou des larmes, ses paupières bavaient leur mascara, achevant de la rendre grotesque. À l'intérieur de l'autobus, un homme en treillis bousculait les bagages, vidant consciencieusement les valises. Il procédait sans précautions particulières, secouant les sacs au-dessus des sièges pour éparpiller leur contenu.

Un garçon d'une vingtaine d'années tenta soudain d'échapper à la fouille en forçant le cercle des militaires. Il était mince et agile, mais un coup de crosse le rejeta en arrière. Déséquilibré, il heurta le flanc du car qui sonna comme un tonneau vide. Deux gardes lui sautèrent dessus, lui nouant les bras dans le dos. Un troisième saisit la chemise bariolée du gamin par l'un des revers et la déchira d'un mouvement brutal du poignet, dénudant le torse maigre et musclé. Caine plissa les paupières en découvrant trois grains de beauté d'une taille peu commune. Parfaitement alignés, ils surplombaient le nombril comme un tatouage au sens mystérieux. Les soldats eurent un rugissement de joie. Tout en se débattant, le gosse se mit à les insulter. Il usait indifféremment de l'espagnol et d'une autre langue que Caine ne comprenait pas. Probablement un dialecte indien du littoral. Celui qui semblait commander les hommes en treillis s'approcha et le gifla violemment du revers de la main, lui faisant éclater les lèvres. Après quoi, il entreprit de gratter les grains de beauté avec l'ongle du pouce. Lorsque les trois taches brunes se détachèrent, Caine comprit qu'il s'agissait de ronds de taffetas gommé, ce qu'en langage de coquette on appelait jadis des « mouches ».

– Je vais t'en faire, moi, un tatouage indélébile, gronda le chef des mercenaires en posant le canon de son pistolet sur l'abdomen du gamin. Et il appuya trois fois sur la détente, tirant à bout portant, de manière à ouvrir trois blessures à l'endroit même où les « mouches » étaient encore collées quelques secondes auparavant. La victime fut projetée sur le sol. Les projectiles trouant son ventre avaient dessiné trois petits orifices auréolés de poudre brûlée. Caine se sentit impuissant et stupide, complice peut-être. La scène qui s'était déroulée en un éclair avait quelque chose d'irréel, de cauchemardesque. Cet enfant qu'on avait assassiné parce qu'il avait eu la fantaisie de se coller trois pastilles gommées au-dessus du nombril, cette fouille silencieuse et brutale, tout cela semblait sortir d'un rêve. Le romancier tenta de bouger, mais ses pieds paraissaient coulés dans le ciment. Déjà on jetait le cadavre sur la plate-forme du véhicule de reconnaissance. Sans un mot d'explication, les gardes se replièrent. Le blindé amorça son demi-tour sans que le canon de la M2 ne cesse de prendre le bus dans sa ligne de mire. Caine savait qu'il aurait suffi d'une unique rafale pour les hacher tous. Les gros projectiles de 50″ n'auraient aucun mal à scier l'autocar dans toute sa longueur en moins de deux secondes. Quant aux hommes et aux femmes mis en joue, la rafale les aurait coupés en deux aussi sûrement que la chaîne d'une tronçonneuse.

La voiture de patrouille s'éloigna à grande vitesse. Personne n'osait prendre l'initiative de bouger. Les voyageurs semblaient statufiés. Ce fut le chauffeur qui dut aboyer pour donner le signal du départ. En regagnant sa place, Caine vit que son sac à dos avait été vidé. Ses slips se mêlaient aux petites culottes transparentes de sa voisine. Cet incident eut raison des nerfs d'Angela Potrezzo. Elle fondit en sanglots, barbouillant encore un peu plus son visage de rimmel. Oswald débarrassa hâtivement les sièges, entassant les vêtements dans leurs bagages respectifs. La fille brune le regardait faire sans un mot, sonnée. Le bouton manquant faisait bâiller son tailleur sur ses seins nus. Il y eut un hurlement de vitesses malmenées puis le car s'arracha aux ornières et reprit sa descente vers la ville. Un silence de mort régna durant tout le reste du voyage. Même les cochons ne disaient plus rien. Mal à l'aise, Caine descendit au premier arrêt. Angela se rua sur ses talons, comme si elle avait soudain peur de rester seule. Ils demeurèrent une minute face à face pendant que le bus s'éloignait, remontant l'avenue principale. Autour d'eux la cité était morte, vide, comme ces stations balnéaires que la mauvaise saison réduit à l'état de coquille inhabitée. Les façades inspirées du front de mer d'Atlantic City paraissaient aussi factices que ces vieux décors hollywoodiens qu'on fait visiter aux touristes. On avait l'impression que le vent soufflant de l'océan allait les renverser d'un instant à l'autre.

– Allons boire quelque chose, proposa Caine.

La jeune femme secoua la tête.

– Non, dit-elle d'une voix enrouée. Il vaut mieux ne pas parler dans les lieux publics.

Caine haussa les épaules.

– Je n'y comprends rien, fit-il doucement. Qu'est-ce qui s'est passé exactement ? C'étaient des flics, des militaires ?

Angela eut une moue de dégoût.

– Même pas, cracha-t-elle, des miliciens. Des mercenaires si vous préférez. De la racaille. Ils assurent le service de sécurité de la mine de Pitsacoa. Au fil des mois ils ont pris plus d'importance que la police. En réalité, ce sont eux qui font la loi à San-Carmino désormais. Vous comprenez pourquoi la ville se vide chaque jour un peu plus ?

Caine grimaça.

– Pas vraiment, avoua-t-il, il y a deux ans…

La jeune femme eut un geste d'agacement.

– *Deux ans !* ricana-t-elle, autant parler du déluge ! Ne restons pas là. Venez marcher le long de la plage.

Elle passa son bras sous celui de Caine avec une coquetterie instinctive. Ils se dirigèrent vers le chemin de planches sablonneuses qui longeait la grève. La mer était basse. Les vagues moutonnaient en contrebas, lointaines.

– Tout est pourri ici, murmura soudain Angela, je crois que je vais reprendre le premier avion. Vous devriez faire la même chose. Il y a une odeur de mort dans les rues. Tout cela c'est la faute de Miss O.

– De qui ?

– Miss O, répéta Angela avec lassitude, c'est le surnom d'une terroriste. Une passionaria débile. Miss O, ça a l'air de sortir d'une bande dessinée, non ? Elle signe ses crimes de trois points ou de trois coups de pistolet. Un O, en morse à ce qu'on prétend. On dit qu'elle est affligée de trois gros grains de beauté entre les seins, et que c'est de là quc vient son nom de guerre. Il y a deux ans, elle a commencé à s'illustrer par des actions de guérilla. Elle frappe périodiquement. Il y a quelques jours elle a abattu Adelina Perez, la maîtresse de Gabriele Adolfo Parduras, le directeur de la mine. Parduras est un chef plutôt autoritaire, vous avez vu sa milice. On le déteste, on l'a affublé d'un sobriquet, « le Nabot », car il est plutôt laid, chauve, avec des yeux globuleux, vous voyez le genre. Ses mercenaires ont progressivement dépossédé la police de ses droits. Les flics, trop peu nombreux, ont vite été débordés…

– Et cette… Miss O, hasarda Caine. Pourquoi s'en prend-elle à Parduras ?

Angela laissa filer un rire méchant.

– Oh ! les éternelles histoires : Che Guevara et Fidel Castro ! Parduras emploie une main-d'œuvre presque uniquement composée d'Indios du littoral : les Hayacamaras. De là à le traiter d'esclavagiste, il n'y a qu'un pas !

La pensée de Caine dévia.

– Ce gosse dans l'autobus, demanda-t-il, pourquoi s'était-il affublé de faux grains de beauté ?

– Par sympathie pour le combat mené par Miss O, le romantisme adolescent donne toujours à fond dans ce genre de pitrerie. Face aux mercenaires de Parduras les révoltés restent impuissants, alors ils s'appliquent à contester de manière symbolique. On fait avec ce qu'on a, pas vrai ?

– Mais ils l'ont abattu…

La jeune femme haussa les épaules avec indifférence. Caine s'arrêta pour la fixer.

– Vous ne semblez guère compatissante, observa-t-il d'une voix neutre, pourtant j'ai cru comprendre que les manières de la milice vous choquaient.

Angela lui fit face, la bouche mauvaise.

– Si vous voulez tout savoir, siffla-t-elle, je hais Miss O et ses amis parce qu'ils ont saccagé cette ville où l'on vivait insouciant et heureux. J'enrage à l'idée qu'on a sapé l'expansion d'une nouvelle Brasilia pour une poignée d'Indiens rongés par l'alcoolisme ! Et pour livrer tout à fait le fond de ma pensée, j'espère que les fameux grains de beauté de Miss O se changeront d'ici peu en mélanomes et qu'elle crèvera d'un cancer de la peau !

Elle se tut, à bout de souffle.

– Je vois, souffla Caine.

– Non, vous ne voyez pas ! éclata Angela revenant à la charge. J'enrage de subir les violences de la milice par la faute d'une poignée de castristes illuminés ! Je ne peux pas supporter qu'on me confonde avec eux, qu'on me rabaisse à leur niveau ! Tout à l'heure, dans l'autocar, j'ai été humiliée à cause de Miss O, à cause aussi de cette demi-putain d'Adelina Perez qu'on a retrouvée exécutée au nom d'un prétendu tribunal populaire. Je les hais, je voudrais que le Nabot en finisse avec eux une bonne fois pour toutes…

Des larmes perlaient au coin de ses yeux. Sous son masque de rimmel dilué elle faisait peur. Caine battit en retraite. Angela serra son sac de voyage contre son ventre. La fermeture Éclair du bagage bâilla sur un fouillis de culottes froissées.

– Il vaut mieux nous séparer ici, conclut-elle brusquement, vous n'êtes pas de ce pays, vous ne pouvez pas comprendre. Chaque fois que nous essayons de sortir du puits, quelqu'un nous écrase les doigts pour nous rejeter au fond. Ne vous attardez pas à Carmino, vous êtes un naïf, cela vous coûterait trop cher. Je reprendrai l'avion taxi demain ou après-demain ; si vous n'êtes pas complètement idiot, vous m'imiterez.

Elle se détourna et s'éloigna à grands pas. Ses talons hauts s'enfonçaient dans le sable et elle se tordait les chevilles à chaque pas. Caine la regarda disparaître entre les cabines de bain. Il se sentait perdu, inquiet… Il attendit quelques minutes en fixant la mer, puis remonta en direction de l'avenue. Elle était déserte. Angela Potrezzo avait disparu. Il essaya d'adopter une allure dégagée mais ses semelles faisaient voler des échos sur les façades aveugles. L'impression de couvre-feu – même si elle était imaginaire – se révélait extrêmement pénible. Il marcha dix bonnes minutes sans rencontrer personne, puis croisa un couple de personnes âgées à la mise élégante. L'homme portait un casque colonial démodé, une décoration à la boutonnière et s'appuyait sur une canne à pommeau d'argent. Des petits rentiers probablement. Ils s'étaient installés à San-Carmino alors que la ville se trouvait au faîte de sa splendeur. À présent ils se retrouvaient prisonniers d'une cité fantôme, propriétaires d'un appartement ou d'une résidence invendable. Combien étaient-ils dans ce cas ? Beaucoup sans doute. Tous ceux qui avaient vidé leur bas de laine pour investir dans cette nouvelle station balnéaire, allant jusqu'à s'endetter pour ouvrir des commerces qu'ils espéraient prospères, couraient maintenant comme des souris en cage, victimes de la nasse dorée où ils s'étaient eux-mêmes enfermés. Caine secoua la tête pour se débarrasser de ces pensées désagréables. Il dépassa un cinéma, longea la terrasse d'un restaurant aux trois quarts vide. Sur le mur d'un bâtiment immaculé on avait tracé un grand O à la bombe à peinture. Au-dessous de la lettre, une main maladroite avait dessiné une potence au bout de laquelle pendait un bonhomme stylisé qui semblait être un nain. Il prit la direction du port. La fatigue du voyage projetait des flashes dans son esprit, mêlant passé récent et souvenirs lointains en un cocktail déroutant. Il avait l'impression d'assister passivement au déroulement d'un film mal monté.

Il se surprit à maudire Cazinsky à cause de qui il se trouvait là. Cazinsky qui était mort et continuait pourtant à l'ennuyer par-delà le trépas. Ce n'était qu'un prof après tout. Un vieux prof au physique pas très avantageux. Un petit bonhomme au crâne dégarni et aux grosses lunettes d'écaille qui avait fait trembler des générations d'étudiants. C'était d'ailleurs peut-être pour cela que Caine n'avait pas osé le repousser quand le vieux était venu implorer son aide. À cause du conditionnement auquel on l'avait soumis dans sa jeunesse…

« Tu as eu peur d'avoir une mauvaise note ! » songea-t-il avec amertume. À la fac, le surnom de Cazinsky était *Bug*, la punaise, et l'on prétendait que toutes les étudiantes étaient amoureuses de ce nabot dont le crâne ne cessait d'enfler au fil des ans. Mais Cazinsky, c'était aussi les vingt ans de Caine. Le campus… les années hippies. Il se voyait étudiant à Berkeley, perdu sur un banc d'amphithéâtre tandis que la voix du professeur – Mathias Amon Cazinsky –, montant de l'estrade, s'élevait de gradin en gradin. Une voix de stentor, de bête de scène, chaude et profonde, étonnante chez un homme si maigre à la complexion nerveuse tout en veines et tendons.

Mathias Amon Cazinsky, professeur adulé et détesté du département d'Histoire, attirant et repoussant. Charismatique et manipulateur. Comme les autres, Caine avait subi un temps son emprise. Il était jeune alors, en quête d'un maître à penser. C'était l'époque qui voulait cela. Plus tard, après qu'il eut soutenu son doctorat d'histoire, Cazinsky lui avait proposé de devenir son secrétaire, ou plutôt l'un de ses multiples rédacteurs de fiches. Et – benêt aux yeux aveuglés d'admiration – il avait accepté avec enthousiasme. Puis le temps avait passé, et Caine avait découvert que sa tâche consistait à sillonner les archives poussiéreuses du Congrès, à courir d'un État à un autre pour consulter des papiers jaunis oubliés au fond d'un grenier. Motels minables, chambres chez l'habitant… Cazinsky épluchait férocement les notes de frais. « Bon sang ! grognait-il en froissant les factures de motel. Vous êtes jeune, vous ne pouvez pas trouver des filles et dormir chez elles, ça vous ferait un hébergement gratis, non ? Que la libération sexuelle serve au moins à ça ! Vous croyez que je suis riche ? Et le camping… Vous n'avez jamais pensé au camping ? Mais peut-être avez-vous peur *également* des moustiques ? »

La cérémonie se reproduisait à chaque retour de mission. Où était la vie exaltante que Caine avait imaginée ? Mais il n'était pas le seul à s'être laissé prendre au piège. Cazinsky entretenait ainsi tout un réseau de rabatteurs pompeusement baptisés « enquêteurs historiques » qu'il dépêchait ici et là en fonction de ses travaux du moment, collectant les résultats dans son somptueux bureau de Beverly Hills où il préparait son show mensuel « *A close-up history* ».

Cazinsky, le cafard, qui distribuait les compliments ou les réparties acerbes lorsqu'il s'estimait mal servi. Des serviteurs… oui, c'était exactement ce qu'ils étaient. Caine n'avait pas tardé à découvrir qu'il n'était qu'un valet parmi tant d'autres, un « nègre » dont le nom n'apparaissait sur aucune des publications du professeur et ne figurait pas non plus au générique des émissions animées par le « Maître ». C'est à cette époque qu'il avait donné sa démission et coupé les ponts, s'embarquant dans une longue dérive à travers le monde. L'Asie, l'Afrique… Un trajet à la Kerouac. Il était devenu un *hobo* ivre de liberté. Mon Dieu ! C'était si loin tout ça ! Au retour de ses années d'errance, il s'était fait romancier populaire, écrivant bon an mal an cinq ou six romans policiers pour le compte des éditions *Screaming Black Cat*. Devenu ce qu'en argot d'éditeur on surnomme un best-seller, il lui était arrivé à plusieurs reprises de rencontrer Cazinsky au détour d'un cocktail littéraire. Ils avaient bavardé, évoqué le passé, toute rancœur oubliée.

« Allons ! songea Caine. Sois franc avec toi-même. Avoue qu'en face de lui tu as eu honte d'être devenu un amuseur… Tu as lu le mépris derrière les gros verres de ses foutues lunettes d'écaille. Lui, il était toujours le grand universitaire. Complètement chauve, le vieux *Bug*, mais plus universitaire que jamais. »

Et puis, trois ans auparavant, Cazinsky s'était brusquement passionné pour la biographie d'un nobliau sud-américain séduit par le nazisme et mort dans des circonstances mystérieuses à la fin de la Seconde Guerre mondiale. Lui qui ne quittait son bureau que pour déjeuner avec son éditeur ou grimper sur un plateau de télévision avait décidé de partir enquêter sur place, licenciant tous ses rabatteurs ; dans la même foulée, il avait vendu sa maison de Beverly Hills et s'était lancé tout seul dans la grande aventure. Et pendant trois ans Caine avait reçu à intervalles réguliers d'étranges petits billets postés d'Amérique latine.

Vous seul pouvez me dépanner, écrivait Cazinsky. *Vous êtes un aventurier, vous pouvez me comprendre. Je ne peux avoir confiance en personne. Mais le jeu en vaut la chandelle, croyez-moi ! Je suis sur une affaire énorme. Une énigme historique à vous laisser sur le cul. Rendez-moi service, vérifiez ces quelques points de détail, en souvenir du bon vieux temps…*

Alors, par sentimentalisme, par nostalgie, par désœuvrement aussi, Caine s'était mis à enquêter pour le compte de son vieux professeur. Cela avait duré trois ans, oui. Trente-six mois pendant lesquels il s'était rendu en Europe pour sillonner l'Allemagne, fouillant à pleines mains dans les archives nauséeuses du Troisième Reich, collectant à temps perdu des renseignements dont il ne saisissait aucunement l'utilité. C'était comme si on lui avait demandé de rechercher les pièces d'un grand puzzle dont il ignorait le dessin… ou plutôt : *dont on lui cachait volontairement le dessin*.

Envoûté par son travail, Cazinsky n'avait jamais remis les pieds en Californie. Caine était venu le voir, deux ans auparavant, pour lui livrer le fruit de ses recherches. San-Carmino éclatait alors de prospérité, de richesse insolente, nouveau Copacabana ancré à la lisière de la jungle et d'une baie magnifique. *Et puis*… Et puis Cazinsky était mort. Le télégramme avait surpris Caine au retour d'une excursion européenne dans les archives personnelles d'une veuve d'amiral de la *Kriegsmarine*. Oui, Cazinsky était mort.

Caine se secoua. Pourquoi avait-il sauté dans le premier avion ? Pourquoi avait-il couru à l'aéroport comme si on venait de lui annoncer la mort d'un ami très cher ? Pour rassembler la documentation échouée à San-Carmino peut-être ? Afin que l'œuvre de plusieurs années de labeur ne fût pas perdue… C'est du moins ce qu'il avait répondu à ceux qui lui avaient posé la question mais, au fond de lui-même, il savait que ce n'était pas la vraie raison. Il était venu parce que les cachotteries de son vieux professeur avaient fini par éveiller sa curiosité. Voilà tout.

⁂

Il pénétra dans une *cantina*, provoquant immédiatement l'arrêt des conversations. Maintenant il lui fallait trouver un passeur, louer une barque pour rejoindre l'île où se dressait la maison bunker d'Arturo Aguilados y Portozas y Cabreron, surnommé par dérision Herr Von, et dont Cazinsky avait choisi de rédiger la biographie secrète.

Il commanda une bière locale – de la *Nevada* – qu'on lui servit de mauvaise grâce. Dès qu'il prononça le nom de l'île : *Casamuerta*, tout le monde lui tourna le dos. Il préféra ne pas insister, paya et sortit. Le même rituel se répéta dans trois autres *cantinas*, avec des variantes allant de l'injure marmonnée au regard chargé de menace. Alors qu'il quittait la dernière taverne, quelqu'un, dissimulé dans l'obscurité d'une ruelle, lui jeta une pierre. Le projectile le toucha au front et lui déchira la peau sur trois centimètres. Il dut déboucler son sac à dos pour y dénicher un pansement adhésif.

Tout cela sentait l'embrouille. Il était à la fois agacé et… impressionné, même s'il ne voulait pas se l'avouer. Enfin, alors qu'il n'y croyait plus, il rencontra sur le quai un vieillard qui accepta de lui louer un canot pour une semaine moyennant une caution suffisante à l'achat d'un bateau neuf. Caine n'avait pas le choix. Il était fatigué, meurtri. Il paya. La barque n'était qu'un sabot à la peinture écaillée où gisait une paire de rames tordues. Il s'y installa.

⁂

Au même moment, sur les hauteurs de San-Carmino, une moto filait entre les buildings à demi déserts. Un être de cuir la chevauchait, un être dont la combinaison se tendait sur des seins lourds et fermes. Un être coiffé d'un casque métallique rappelant la tête de quelque robot décapité. La moto déchirait le vent, comme un scalpel fendant l'obscurité, taillant dans la nuit naissante comme dans une chair vive.

Sous la combinaison de cuir talquée et portée à même la peau nue, trois grains de beauté s'alignaient en travers du sternum, trois taches sombres et régulières. Un O, en morse.

3

L'avant de la barque escalada le sommet de la vague, hésita une fraction de seconde, puis replongea en une trajectoire molle, fendant l'écume avec un bruit mouillé. Caine sentit les éclaboussures ruisseler sur son visage mais ne bougea pas. À quelques encablures de la falaise, l'île semblait une colonne de craie pointée hors des flots. Il tira sur les rames de toute la force dont il était capable, soucieux d'aborder avant la nuit. À présent, l'île grossissait sous le rideau de pluie, obstruait la ligne d'horizon, muraille naturelle à la base curieusement étrécie. Caine lutta contre la sensation de malaise qui l'assaillait. L'ombre du rocher le recouvrait tout entier maintenant, et des images d'éboulement ou d'avalanche traversèrent fugitivement son esprit. Il haussa les épaules. C'était ridicule, il le savait, mais ainsi pris entre les deux parois – celle de l'île et celle de la falaise – il ne pouvait se départir d'un obscur sentiment de danger. C'était comme si les deux murs allaient soudain se rapprocher l'un de l'autre, le broyant, lui et la barque. Il ramena les avirons sur sa poitrine d'un geste brusque, avivant le feu de ses paumes. Le canot tangua dans les remous et le sac à dos glissa sur le fond de l'embarcation pour venir heurter les chevilles du rameur. La coque toucha enfin le sable. Caine quitta ses bottes, les attacha autour de son cou au moyen d'une ficelle après les avoir bourrées avec ses chaussettes, retroussa son pantalon et sauta sur la grève. Le piton rocheux le dominait de toute sa hauteur, lui cachant le soleil pâle qui s'obstinait à briller à travers l'averse tropicale. Il frissonna, tira la barque au sec et en déchargea le carton de vivres où s'entassaient en vrac conserves, bouteilles de bière et d'alcool. La petite plage menait droit à un escalier taillé dans le roc qui s'élevait vers le sommet en volutes hasardeuses. L'agencement des marches, les colonnades de pierre, tout respirait la mise en scène, le caprice de nabab. Mais l'herbe poussait aujourd'hui entre les degrés disjoints et le portique – jadis majestueux – couvrait la berge de ses blocs épars, brisés à coups de pioche, et que le sable avalait lentement.

Caine commença à monter, son sac à dos à bout de bras, le regard obstinément fixé sur la paroi. Au fur et à mesure qu'il s'élevait au-dessus de l'océan, le vent le giflait avec une puissance accrue, plaquant la veste de cuir contre son torse. Très rapidement, ses doigts et son visage prirent la consistance de la glace. Il aurait voulu s'arrêter un instant pour déchiffrer les inscriptions serpentant à hauteur d'homme le long de la muraille, mais les larmes brouillaient ses yeux. Il se courba davantage et reprit son ascension.

Il songea à ce que lui avait dit Cazinsky deux ans plus tôt :

« À l'origine l'île s'appelait Coscoja, mais en raison de sa sinistre réputation on l'a vite surnommée *Casa de la Muerte*, la maison de la Mort. Au fil du temps, cette appellation s'est condensée en *Casamuerta*, la maison morte. Je dois avouer que c'est un nom qui lui va parfaitement... »

Caine avançait en s'appuyant au roc de la main gauche, les paupières à demi baissées, ignorant volontairement le gouffre que son pied droit côtoyait à chaque pas. Il songea que l'escalier devait être impraticable les soirs de tempête, et que l'imprudent qui s'y serait risqué n'aurait pas tardé à être emporté par les bourrasques. Nulle chaîne, nul garde-fou n'offrait la moindre chance de se raccrocher en cas de glissade. Aucun parapet ne défendait l'accès du vide, et l'on progressait de palier en palier au-dessus d'un abîme sans cesse grandissant. « Mise en scène », pensa Caine, et il avait raison. On s'était complu à cet état de choses, cultivant l'insécurité du passage avec une coquetterie morbide. « Le nid de l'aigle ! » Il tenta de ricaner sans grand succès ; la veste de cuir se distendait, une bosse poussait dans son dos, les manches gonflaient. Il avançait, bibendum aux joues rougies, avec son sac que les rafales secouaient de ruades sèches. Il atteignit enfin la première terrasse. Les bâtiments faisaient corps avec le roc. Certains même paraissaient y avoir été entièrement creusés. Leurs façades barbouillées par la fumée des incendies avaient quelque chose de sinistre et, l'espace d'une seconde, il fut tenté de poursuivre son escalade, mais il avait trop froid.

Il s'avança. Des meubles carbonisés s'étaient accumulés dans les trous de la roche, poussés là par le vent. Un volet de fer claquait contre un mur, évoquant la détonation d'une arme automatique. Au-dessus de l'entrée principale, un panneau émaillé – pour l'heure couvert de fiente de mouette – conférait à la bâtisse une allure officielle. Il hésita, avança le pied, recula. Ses orteils humides laissèrent une trace sombre dans la poussière du seuil. L'aspect anonyme de la salle le rassura. Sachant ce qui s'était passé là jadis, il s'était attendu à un paysage d'apocalypse : scialytiques aux ampoules brisées, tables à dissection renversées, instruments épars dardant leurs petites lames rouillées comme autant de becs… Une panoplie de film d'horreur. Au lieu de cela il découvrait un local vide. Une sorte de hall carrelé et noirci. La salle des pas perdus d'une gare incendiée. Était-ce tout ce qui subsistait du fameux *laboratoire* de Herr Von ?

– Désolé, gentleman, on ne visite pas et, de toute façon, nous sommes complets pour la saison.

La voix cloua Caine sur place. C'était un grasseyement sourd, lourdement chargé d'accent teuton. Une voix de fumeur aux bronches goudronnées par la fumée de milliers de cigarettes. Immédiatement les paroles de Cazinsky lui revinrent en mémoire : « Il y a là-bas une sorte de gardien. Un vieux fou qui se fait appeler Sturmmann et prétend qu'il est allemand. Ce n'est probablement qu'un sobriquet puisque *Sturmmann* signifie soldat de première classe. D'après mes renseignements, il s'agirait d'un repris de justice américain, un délinquant échappé d'une ferme-prison, et dont le nom serait Alfred Hoogleborn. Il semble effectivement avoir été au service de Herr Von, mais c'est un mythomane redoutable. Difficile de lui tirer une information valable. »

Caine plissa les yeux. Une caricature venait à lui, du fond de la pièce noyée d'ombre. Un vieillard en chapeau de paille dont la panse rebondie contrastait étrangement avec les creux osseux de la poitrine nue. Des bretelles de ficelle retenaient tant bien que mal un pantalon troué aux genoux.

– N'ayez pas peur, ricana l'homme avec une petite toux sèche. Je ne suis pas un lépreux en exil. Je suis Sturmmann, le gardien. De quelle race êtes-vous ? Curieux ou héritier ?

Puis, sans même laisser à son interlocuteur le temps de répondre, il ajouta :

– Vous avez de quoi payer mes gages au moins ? Le prof est mort sans me régler. Pourtant je suis utile, l'île attire les vagabonds, la preuve : je suis là !

Il eut une grimace qu'il voulait sûrement comique et glissa les pouces sous ses bretelles improvisées en un geste volontairement théâtral. Caine se retint de hausser les épaules, un début de migraine installait sa flaque douloureuse entre ses tempes. La cohabitation forcée qu'il entrevoyait déjà ne lui plaisait guère, il aurait aimé être seul.

– Je m'appelle Caine, lâcha-t-il à contrecœur. Oswald Caine. Je rendais de petits services au professeur. En Europe. J'enquêtais pour lui. Il ne vous a jamais parlé de moi ?

Il avait marmonné sa tirade sans réfléchir, pour dire quelque chose. L'autre dut sentir l'animosité larvée qui baignait ces paroles car il quitta immédiatement le ton de la plaisanterie, et son visage devint celui d'une fouine aux aguets.

– Peut-être, petit, j'en sais rien, maugréa-t-il. Je suis vieux, ma cervelle est une vraie passoire. Mais si vous êtes le futur héritier vous pouvez rester ici, sûr. C'est moins bien que l'hôtel mais on est à l'abri des voleurs.

Caine devina qu'il devait à son tour placer une réplique, n'importe laquelle pour empêcher que l'atmosphère ne s'alourdisse davantage. C'était comme un jeu de construction absurde, une conversation sans but et sans objet.

– Les voleurs ? lança-t-il avec un sourire forcé, vous êtes donc riche, grand-père ?

Le vieux repoussa son panama déteint et soupira :

– De souvenirs, petit, de souvenirs seulement. Et quand j'ai mes crises d'amnésie je me retrouve comme un banquier qui aurait oublié la combinaison de son coffre-fort.

Ils se mirent en marche. Mécaniquement. Obéissant à un signal invisible.

– Je vais vous faire faire le tour du propriétaire, lança Sturmmann-Hoogleborn, moyennant quoi, pour le prix de la visite, vous accepterez bien de partager l'une de ces excellentes caisses de bière que vous avez débarquées tout à l'heure ?

Caine tiqua. Ainsi le vieillard l'avait épié à la jumelle ? Cette évidence l'emplit d'une vague colère. Il répondit toutefois par l'affirmative, et se contraignit à lancer une plaisanterie qui tomba à plat. Ils approchaient maintenant du sommet. La maison couronnait le piton, monastère inaccessible. C'était moins une demeure qu'un bunker. Son profil bétonné et rébarbatif évoquait le heaume des chevaliers teutoniques. Des fenêtres aux volets rouillés perçaient çà et là sa masse compacte, tassée comme une tourelle de char d'assaut. Comment Cazinsky avait-il pu vivre trois ans au creux de cette horreur ?

– Il y a un réservoir pour recueillir l'eau de pluie, commenta le « concierge », les canalisations tiennent encore le coup. Deux éoliennes fournissent le courant. L'une s'est bloquée le mois dernier, et je suis trop vieux pour la réparer, ce qui fait que la moitié de la maison est plongée dans l'obscurité.

Arrivés au pied de la construction, ils entrèrent par une porte basse mangée de rouille, qui avait dû être blindée. Passé le seuil, on plongeait dans les ténèbres. Hoogleborn saisit Caine par le poignet et le guida sans tâtonner, en aveugle connaissant parfaitement la disposition des lieux. Ils traversèrent plusieurs chambres que l'éboulement des cloisons de séparation avait transformées en couloir et débouchèrent dans une salle de bains crasseuse qu'éclairait une ampoule de vingt-cinq watts. Le vieillard se fit un devoir de tourner les robinets. L'eau coula avec d'affreux borborygmes. La rouille la rendait sanguinolente. Hoogleborn prit une pose de valet de chambre pour annoncer :

– Le bain de monsieur est prêt... malheureusement il est froid.

Cette boutade idiote suffit pour éveiller chez Caine le désir violent d'une douche bouillante.

– Laissez tomber, lâcha-t-il, rien de plus intéressant ?

Hoogleborn ricana en suçant ses chicots, et Caine acheva de le trouver déplaisant.

– Ça dépend, chuinta le demi-vagabond. Par exemple, je pourrais vous dire que depuis hier nous avons un passager clandestin ! C'est intéressant, ça, un passager clandestin ?

Caine capitula. Les astuces du concierge l'épuisaient. Hoogleborn lui reprit le poignet et l'entraîna dans une cage d'escalier branlante. Il serra les dents. Il avait l'impression désagréable de visiter les ruines d'un immeuble saccagé par un bombardement. Comme s'il avait deviné ses pensées, le vieux le dévisagea soudain par-dessus son épaule.

– Vous allez rester longtemps ? siffla-t-il insolemment.

– Jusqu'à l'ouverture du testament, riposta sèchement Caine. Je vous gêne ?

– Non, gouailla le vieillard, c'est pas ça, mais vous comprenez, on a ses habitudes, son intimité. Et puis je suis ici comme un gardien de musée, et un musée ça doit rester vide sinon ce n'est plus vivable.

– Je serai bientôt parti, coupa Caine.

À cet instant, il le pensait.

Un nouveau panneau de tôle pivota sur ses gonds rouillés. Ils se retrouvèrent à l'air libre, dans un creux de rocher où avait été érigée une sorte de lavoir.

– Je vous présente votre dernière locataire, claironna Hoogleborn en pénétrant dans la bâtisse, comme ça vous connaîtrez tout le monde.

Caine s'avança. Sur le sol, couchée en chien de fusil, le dos appuyé au bac de ciment, il y avait une petite femme à la peau très brune. Une bâche la recouvrait en partie et on ne voyait d'elle qu'un visage aux méplats accentués. Ses cheveux étaient presque rasés et elle avait les narines percées par une bille d'os. Des tatouages rituels couraient au-dessus des sourcils, sur la peau huilée. Elle paraissait dormir. Caine s'agenouilla, écarta la bâche. Elle était nue, plutôt maigre avec un ventre ballonné. Une lanière de cuir lui entourait les hanches, soutenant un pagne rudimentaire qui ne laissait rien ignorer des contours de son sexe glabre. Une douzaine d'amulettes étaient nouées à chacun de ses bras. Entre les seins plats, la chair luisait, couverte de perles de sueur.

– Une Indienne ? demanda t-il cn songeant avec répulsion aux *expériences* de l'ancien maître des lieux.

– Une Hayacamara, une vraie, confirma Hoogleborn. Je l'ai trouvée hier soir dans les rochers, tout en bas, trempée comme si elle sortait d'un naufrage. Elle ne comprend rien à ce qu'on lui dit. Elle parle un de ces foutus sabirs du diable.

Caine toucha le front de la fille. Elle n'eut aucune réaction.

– Elle est malade ? hasarda-t-il.

Le vieux ricana.

– Pensez-vous ! Elle est défoncée, envapée jusqu'aux yeux !

Il s'accroupit, faisant craquer ses articulatïons, et fourragea dans une poche de cuir qui pendait sur la hanche de l'Indienne. Une poussière à l'odeur de levure lui colla aux doigts.

– Sentez-moi ça ! lança-t-il Des champignons séchés, du *peyotl*. Elle est en train de planer à mille mètres dans l'atmosphère !

Ils se relevèrent. Caine nota du coin de l'œil que le gardien glissait le sac-médecine dans la poche de son pantalon.

– Que fait-elle ici ? demanda-t-il. Ce n'est pas à proprement parler un coin pour les Indiens. Cazinsky prétendait qu'ils en avaient une peur bleue.

– Justement ! gloussa le vieux, justement, fiston ! C'est pour ça qu'elle est là. Et ce n'est pas la première qui vient ici.

Ils sortirent du petit bâtiment. Le ciel était plus noir que jamais. « On va avoir la tempête », pensa Caine. Il eut un frisson de peur rétrospective en songeant qu'il avait osé prendre la mer par un temps aussi menaçant.

– Ici, dit Hoogleborn, dans leurs villages de sauvages, c'est comme partout ailleurs, il y a des cocus. Avant, les femmes adultères on les tuait, maintenant encore un peu, mais moins, surtout dans les villages du littoral. Non, on préfère les punir en leur enlevant toute envie de recommencer. Pour ça, rien de tel qu'une bonne trouille ! Or vous savez, l'île, dans leur tête, c'est la succursale des esprits, diables et compagnie ! C'est le repaire du démon blanc, c'est tabou ! Il y en a qui préférerait se faire couper tous les doigts de la main que de venir ici. Alors, de temps à autre, un mari en rogne amène sa femme. Il n'aborde pas, oh non ! Il la balance en passant, vite fait, et la laisse là quatre ou cinq jours à trembler, à s'arracher les cheveux, à prier, à supplier ! Les barracudas et les courants font bonne garde, pas question de nager vers le continent. J'en ai connu une qui devenait à moitié folle chaque fois que je me montrais ! Passé le délai, le mari revient, croise au large – peut-être avec l'espoir que sa bonne femme aura été bouffée par les démons ? Puis il la récupère. La petite d'hier, c'est sûrement le même scénario, mais comme c'est une futée, elle s'est camée à mort pour ne pas voir la trogne du diable blond.

– Vous croyez ?

– Sûr, conclut le vieux avec suffisance ; maintenant excusez-moi, faut que j'aille relever mes lignes. On se verra ce soir, ne venez pas les mains vides.

Il tourna les talons, s'immobilisa, et dit en jetant un bref coup d'œil par-dessus son épaule :

– Le cercueil est en haut, je l'ai fermé, avec la chaleur c'était difficile de faire autrement.

Caine se passa la main sur les yeux. S'il ne s'était pas senti aussi fatigué il aurait immédiatement jeté son sac dans le canot et mis le cap vers San-Carmino avant que la tempête n'éclate. Il s'ébroua, essayant de déterminer ce qui l'empêchait d'agir ainsi... Pourquoi était-il venu, hein ? *Pourquoi ?*

« Allons, lui murmura une petite voix au fond de sa tête. Tu le sais bien... » Il hésita quelques secondes, gagna du temps en réenfilant ses bottes. En fait il appréhendait de se risquer seul, sans guide, à l'intérieur de la maison. Il se morigéna, et franchit la distance qui le séparait de la porte de fer en trois enjambées. Dans la lumière jaune et tremblotante de la minuterie, la cage d'escalier offrait l'aspect d'une nasse verticale. Il se mordit les lèvres et attaqua la première volée de marches. Au troisième palier il poussa le battant affaissé sur ses charnières et déboucha dans un hall carrelé. Un instant, à cause des murs grisâtres, cloqués par l'humidité, il crut avoir émergé par erreur au fond d'une piscine à sec. Mais non, c'était bien un grand hall d'accueil d'où s'envolait la volute d'un escalier d'apparat. Le temps avait passé sur ces éléments d'architecture une poudre grise à l'odeur de grenier. Des colonies de moisissures avaient pris d'assaut les murs lépreux. Sur le sol pourtant, au centre d'une mosaïque presque intacte, le svastika cassait toujours ses quatre membres en une gesticulation agressive. Caine fit quelques pas, écrasant sous ses semelles la croix gammée qu'estompait la poussière. La lumière de l'extérieur venait mourir en haut de l'escalier. Il prit son souffle et grimpa d'une traite vers ce halo anémique. Ses doigts glissaient sur la rampe grasse. Quand il fut au sommet des marches, il découvrit la perspective d'une autre salle dont on avait ouvert les fenêtres pour entretenir un perpétuel courant d'air. Le vent s'engouffrait avec violence dans ces brèches de la muraille, cinglant le cercueil de Cazinsky posé sur des tréteaux. Un grand tournevis avait été jeté sur le plancher. La boîte, quant à elle, ne présentait aucune particularité. C'était un coffre d'une grande simplicité, même pas verni, sur lequel on avait vissé des poignées de métal inoxydable. Caine se figea, ne sachant quelle attitude adopter. Il ne ressentait rien. Aucun lien d'amitié ne le liait au professeur, tout au plus une vague nostalgie liée au souvenir de ses années de campus, du temps où il appartenait à la fraternité Béta Alpha Oméga. Cazinsky n'avait été qu'un prof, un exploiteur, un faux ami pleurnicheur toujours occupé à vous extorquer un service, une préface, une lettre de recommandation. Un petit tyran exigeant, souvent injuste. Un universitaire obnubilé par ses recherches jusqu'à la folie, au point de mener une vie solitaire, sans femme, sans enfants, sans amis. Et voilà qu'il était mort, le nez dans sa paperasse, au terme d'une vie absurde de rat de bibliothèque…

Caine traversa la pièce en diagonale, poussa la petite porte qui occupait l'angle inférieur gauche du mur de refend. Derrière, il trouva un autre salon dont les dimensions avoisinaient dix mètres sur quinze. Une table de bois blanc en marquait le centre. Un millier de livres tapissaient le sol, érigeant un rempart autour de la table de travail. Des haies de dossiers multicolores défendaient les abords de la pièce. Il y avait aussi des bandes magnétiques, deux machines à écrire portatives, dont l'une de marque brésilienne. Des galets ramassés sur la plage pesaient de tout leur poids sur des rames d'un papier jauni couvert de signes sténographiques inventés par Cazinsky lui-même. Caine aspira une bouffée d'air moisi. La tension nerveuse lui comprimait la poitrine. Il se pencha, ouvrit une chemise au hasard et sourit en identifiant sa propre écriture. Des comptes rendus vieux de deux ans qu'il avait expédiés de Berlin pour rendre service à son vieux prof, au terme d'une enquête laborieuse. Cazinsky les avait annotés d'un coup de crayon rapide, comme une mauvaise copie d'étudiant. Dans la marge, il avait écrit d'une main rageuse : « *Superficiel ! De la foutaise pour revue de vulgarisation ! La peste soit des amateurs !* » Caine se redressa ; sur une caisse retournée on avait disposé une cafetière émaillée, une gamelle en inox, une lampe-torche à manche caoutchouté. Un lit de sangles avait été poussé contre le mur. Un sac de couchage de l'armée américaine y stagnait comme une chenille morte.

Un peu plus loin, en retrait, il avisa un gramophone à pavillon de cuivre. Les disques étaient des 78 tours étonnamment lourds. Il en déchiffra les titres. De la musique militaire, des marches, des chants nazis, le fameux *Horst Wessel Lied* : « *Dans les rues faites place aux bataillons bruns...* » Des reliques probablement exhumées du ventre de la maison. Il se releva, alla vers le bureau et s'assit sur le siège pivotant. Des feuilles de papier raturées couvraient le sous-main. Caine essaya de les parcourir, mais l'écriture de Cazinsky était si déformée que les graffitis se changeaient en hiéroglyphes. Il renonça, dégoûté. Une question clignotait dans son cerveau : à quel stade de ses recherches se trouvait donc Cazinsky au moment de sa mort ? L'universitaire avait-il laissé quelque part une synthèse, une conclusion ? Le notaire de

San-Carmino le préciserait peut-être lors de l'ouverture du testament ? Il jura, l'historien ne l'avait jamais fait bénéficier d'aucune confidence. Officiellement, il s'était toujours agi de rédiger la biographie étonnante d'Arturo Aguilados y Portozas y Cabreron, fils de famille dévoyé, richissime et séduit par le nazisme. Né en 1910 à Bahia Blanca (Argentine), mort à San-Carmino (Nuevo Maramarangua) en 1945, probablement assassiné au cours d'une partie de chasse au jaguar dans la jungle. Pourtant, très rapidement, Caine avait pressenti que Cazinsky n'était pas mené par l'unique souci de faire la lumière sur un pan d'histoire mal connu. Non, il y avait autre chose... Quelque chose de suffisamment puissant pour pousser un universitaire connu à abandonner Beverly Hills, les honneurs, les profits, pour aller se terrer au fond d'un minuscule État sud-américain, quitte à s'y ruiner, à y contracter les fièvres... et à en mourir. S'impose-t-on de pareils sacrifices pour une simple biographie, si délirante soit-elle ? Non. La réponse était catégorique. Cazinsky n'aurait jamais renoncé au pont d'or que lui assurait son show télévisé par seul besoin de passer au crible la vie d'un baronnet intoxiqué par une idéologie des plus néfastes.

Caine pianota nerveusement sur la table. Ses doigts humides de sueur laissaient des taches grasses sur la feuille de papier raturée. Chemin faisant, Cazinsky avait mis le nez dans quelque chose d'énorme, il était prêt à le parier. Mais quel lièvre fantasmagorique avait donc conduit ce mondain à déserter les salons californiens pour établir une tête de pont en pleine jungle ? Caine n'avait jamais pu lui arracher la moindre confidence. Deux ans plus tôt, lorsqu'il était venu à San-Carmino pour prendre les directives du vieux, Caine avait cru un instant qu'il allait enfin entrer dans le secret des dieux. Mais le professeur ne lui avait pas jeté le plus petit os en pâture. Il ne l'avait pas même invité à poser le pied sur l'île pour visiter le bunker. L'entrevue avait eu lieu dans un restaurant chic de la station balnéaire. Cazinsky n'était d'ailleurs pas seul. Une métisse d'environ vingt-cinq ans l'accompagnait, se déplaçant respectueusement dans son ombre. Caine se rappelait parfaitement son nom : Súna. Elle était fine, musclée et garçonnière, avec un joli visage boudeur surmonté d'une courte toison crépue. Súna… Cazinsky l'avait présentée comme son assistante, et Caine s'était aussitôt demandé si – sous couvert de recherches historiques – elle ne se couchait pas tout bonnement sous les ruades de ce vieux bonhomme assez âgé pour être son grand-père.

Caine avait travaillé trois jours avec elle, dans sa chambre de l'hôtel *Gualizo*, recensant les différents points de documentation qu'il aurait à glaner au hasard des archives du Vieux Continent. Elle prétendait avoir fait des études à Bogota, et semblait relativement compétente. La veille du départ, il l'avait troussée sans autre forme de procès. Elle s'était laissé faire avec un sourire moqueur ; il n'avait pas réussi à la faire jouir. Qu'était-elle devenue ? Il faudrait le demander à Hoogleborn. Cette face de fouine ne l'ignorait sûrement pas.

Le courant d'air en provenance de la pièce contiguë faisait frissonner les papiers et soulevait un nuage pulvérulent où se mêlaient à doses égales sable et poussière. Caine siffla entre ses dents. La lecture des documents entassés ici nécessiterait sans aucun doute plusieurs mois. Disposerait-il d'un tel délai ?

Il décida de ne pas perdre de temps. Saisissant les dossiers les plus proches, il entreprit de les dépouiller. C'étaient, pour la plupart, des transcriptions sténographiques de témoignages. Des souvenirs mêlés de ragots émanant de vieillards ayant connu Arturo Aguilados y Portozas. Cazinsky avait dû monnayer fort cher ces maigres confidences. Caine les parcourut d'un œil fébrile, la solution se trouvait probablement dans le labyrinthe de ces lignes. Saurait-il la discerner ?

Il travailla plusieurs heures sans même s'en rendre compte. Sa blessure à la tête s'était remise à le brûler. Dehors la nuit effaçait peu à peu les contours de la côte. Soudain une musique grêle s'éleva du ventre de la maison. Il y avait donc un second gramophone dans la bâtisse ? Il repoussa la masse de papiers encombrant le bureau, saisit la lampe-torche et quitta le premier étage en essayant de ne pas regarder le cercueil échoué sur ses tréteaux. Mangée par la nuit, la maison devenait encore plus impressionnante. Des réseaux d'ampoules à bout de souffle l'éclairaient parcimonieusement, faisant alterner flaques jaunâtres et tronçons de ténèbres. Se guidant sur la musique, Caine poussa deux ou trois portes. Il finit par poser le pied sur la dernière marche d'un escalier étroit qui plongeait dans l'obscurité. La rampe, jadis, avait été d'ébène. À présent elle avait disparu par morceaux, et Caine se demanda si Hoogleborn – qui devait manquer de bois pour son feu – n'en était pas responsable. En fait, cela n'avait aucune importance. Il leva la torche à la hauteur de son visage. Sous les gravats et la poussière de plâtre qui recouvraient les degrés on devinait les restes d'un tapis rouge. C'était bien de là que provenait la musique grêle du tourne-disque à aiguille. Il descendit rapidement les marches après s'être assuré de l'état du plafond, mais les poutres semblaient solides. Il fut bientôt au centre d'une ancienne salle de jeu éclairée par une lampe à pétrole. L'endroit n'avait pas trop souffert. Seuls les jetons de Bakélite constellaient le velours vert aux cases numérotées comme des confettis morts. Deux ou trois fauteuils étaient renversés en travers du chemin, et un foulard de femme traînait sur un accoudoir. Une écharpe appartenant à Súna ?

Il s'assit. Ici on ne percevait plus la rumeur de la mer. On était enterré sous la maison comme au fond d'un abri antiaérien. Il éteignit la torche, la posa sur la table et croisa les mains derrière sa nuque. Au bout du tapis de jeu, les chromes de la roulette inerte, poisseuse de poussière, n'accrochaient aucun reflet.

– Je savais bien que vous trouveriez, nasilla Hoogleborn installé à la place du croupier. Je descends souvent ici. C'était le casino privé d'Aguilados. On y jouait des sommes folles. Il paraît que ce bunker est la copie exacte de celui d'Hitler, à Berlin. Enfin, c'est ce qu'on raconte…

Il se tut, rota, puis lança d'une voix gouailleuse :

– J'ai remonté tes provisions, petit. Tu les avais oubliées en bas sur la plage. Pour la peine, j'ai pris une de tes bouteilles. Normal, non ?

Caine remarqua que le regard du vieux sautillait, n'arrivant pas à se fixer sur les objets. Le bonhomme avait également oublié son accent allemand au vestiaire. Était-il ivre, ou bien avait-il commencé à puiser dans le sac-médecine de l'Indienne ? Le romancier soupira, sa blessure au front lui faisait mal.

– Je voudrais savoir comment est mort Cazinsky, dit-il abruptement.

Le vieillard attira à lui une bouteille de scotch à demi entamée.

– Une saloperie dans les intestins, souffla-t-il. Dans ce foutu pays c'est toujours comme ça. Les tripes nous lâchent en premier. Il a sacrément souffert, une sorte de dysenterie infectieuse, si tu vois ? À la fin il chiait ses boyaux, c'était affreux… J'ai cavalé au diable pour ramener un docteur, mais c'était trop tard. Après il a fallu que je me batte avec le type des pompes funèbres. Ils ont grimpé le cercueil ici en pièces détachées. Cazinsky avait laissé un peu d'argent. Pour l'enterrement il faudra charger la boîte sur un canot et rejoindre le continent. À mon avis, on devrait le jeter du haut de la maison dans les vagues, comme pour la cérémonie des morts en mer. Une île, c'est un peu un bateau, non ?

Caine hocha la tête sans prendre parti, puis revint à la charge.

– Tu savais ce que Cazinsky faisait, lança-t-il. Il t'a parlé d'Arturo Aguilados ?

– De qui ? J'ai plus la mémoire des noms, ma cervelle est une vraie passoire…

– Alors je vais te raconter toute l'histoire, pour raviver tes souvenirs, ricana Caine. Arturo Aguilados y Portozas était une aberration vivante. Né en 1910, il avait la trentaine à la déclaration de guerre. Complètement intoxiqué par le nazisme, il s'était mis à parcourir l'Amérique du Sud en prêchant les idées du Führer. C'était assez inattendu de la part d'un homme à la peau pain d'épice et aux cheveux aile de corbeau ! Il n'avait pas beaucoup de succès. Cela a duré plusieurs années. On dit même qu'il fit trois voyages à Berlin, et qu'il rencontra Hitler dans sa tanière. Après avoir mangé pas mal de kilomètres, Arturo s'est fixé ici, à San-Carmino. Il était riche, il y a régné en despote. On raconte qu'il avait perdu la tête et que – pour ressembler à un aryen – il se décolorait les cheveux à l'eau oxygénée et portait en permanence des verres de contact bleus qui lui donnaient de la conjonctivite. C'est à cette période qu'on a commencé à le surnommer *Herr Von*, par dérision. Il a fait construire cette maison-bunker en 1943, et l'a baptisée le *Nid de l'aigle*. Il jouait au tyran, se faisant un devoir de pousser San-Carmino à embrasser l'idéologie du national-socialisme. Tout cela aurait pu n'être qu'une farce un peu ridicule, mais les choses n'en sont pas restées là. Herr Von s'est penché sur les écrits délirants des

« raciologues » hitlériens, les théories du fameux *Professor Doktor*. Une idée a germé en lui : installer ici, sur le piton rocheux, une annexe du célèbre Quartier B créé par le « Docteur » Mengele ! Il était devenu tout à fait dingue à cette date. On a dit qu'il se servait des Indiens Hayacamaras comme de cobayes, qu'il les charcutait des nuits entières dans son pseudo-laboratoire pour obtenir une « épuration génétique de la race » ! En fait d'études médicales, il n'avait pas dépassé la seconde année d'enseignement de l'École vétérinaire. En 1944-45, il s'était adjoint une sorte d'homme à tout faire. Un jeune délinquant en rupture de conditionnelle... Un certain Hoogleborn qu'en raison de sa germanophilie galopante il avait surnommé Sturmmann... Qu'en dis-tu ? Est-ce que la mémoire te revient, cette fois ?

Le vieillard s'absorba dans la contemplation du goulot de sa bouteille. Un peu de bave perlait à la commissure de ses lèvres.

– J'ai déjà répondu à Cazinsky, murmura-t-il enfin. Tout ça c'est des légendes. O.K., j'ai effectivement connu Aguilados vers la fin. J'étais en cavale, il m'a pris à son service, j'avais vingt deux ans. C'était l'aubaine inespérée. Mais ces histoires de cobayes humains, c'est de l'exagération de journaliste. En ce qui me concerne, je pensais qu'il travaillait à l'invention d'un vaccin contre la lèpre. Il y avait bien un labo, mais je n'y suis jamais entré. Aguilados ne me faisait pas de confidences. En 1945, il est mort, un accident de chasse. Quelques-uns ont dit qu'on l'avait exécuté. Moi j'en sais rien. Je suis resté dans la maison, un vague cousin en avait hérité ; il n'y a jamais mis les pieds. On peut le comprendre, le père Arturo, il ne s'était pas fait que des amis à Carmino.

Il eut un geste d'agacement.

– J'ai déjà raconté tout ça au prof, répéta-t-il, ça doit être consigné dans sa foutue paperasse, là-haut.

– Et dans la maison ? insista Caine. Il ne reste rien ?

– Des bricoles, pas de quoi ouvrir un musée. D'ailleurs, si tu veux visiter…

Il se leva péniblement, monta la flamme de la lampe à pétrole et ouvrit la porte d'un réduit. Caine repoussa son fauteuil, s'approcha. Un drapeau fané tapissait le fond du placard : la *Blutfahne*. Le pavillon nazi, le drapeau de sang. Quelques exemplaires de *Mein Kampf* à reliure de cuir disparaissaient sous les toiles d'araignée. Il y avait aussi des photos, jaunes, craquantes comme des feuilles d'automne. Caine les éparpilla : Himmler, Göring, Ribbentrop… Sous un sac de jute il découvrit une curiosité : un grand portrait à l'huile représentant Arturo Aguilados y Portozas en *Obergruppenführer* ! L'artiste s'était efforcé de gommer la morphologie latine du visage pour lui donner un caractère aryen. Caine siffla entre ses dents.

– C'était sa manie, commenta Hoogleborn. Le soir, après sa journée de travail, il se baladait avec des uniformes de carnaval sur le dos. Il allait griller un cigare sur la terrasse en regardant la mer. Tout a brûlé dans l'incendie du labo, les habits, les bottes, les cravaches. C'était un accident… La foudre un soir de tempête.

Caine plissa les paupières.

– C'est toi qui y as mis le feu, n'est-ce pas ? murmura-t-il. Il restait des traces compromettantes ? Tu as eu peur d'une perquisition ?

Le vieillard demeura silencieux, les yeux fixes. Caine se redressa. Les reliques ne présentaient qu'un intérêt anecdotique. Il décida de changer son fusil d'épaule.

– Tu te souviens de la fille qui travaillait avec Cazinsky, Súna ? Elle venait souvent ici ?

– Non, le prof était trop méfiant. Je crois qu'elle a essayé de coucher avec lui. Il n'a pas apprécié. Elle habite sur la plage, près d'une *cantina* : chez Suspender.

Il fit une pause, puis ajouta d'un ton sans réplique :

– Je suis crevé. Je vais me coucher, salut.

Saisissant la bouteille par le col, il sortit de la pièce en traînant les pieds. Caine haussa les épaules. Il pressentait déjà qu'il ne tirerait rien du vieil homme. Mécontent et nauséeux, il gravit les escaliers jusqu'à la salle de travail et se replongea dans les dossiers. La maigre ampoule suspendue au-dessus de la table ne diffusait qu'un pâle halo de lumière, laissant les deux tiers du lieu dans les ténèbres, et la proximité du cercueil, de l'autre côté de la cloison, ne contribuait pas à alléger l'atmosphère. Il dut faire un effort pour se concentrer sur les documents qu'il tenait entre les mains.

Vers deux heures du matin, un hurlement l'arracha brutalement à sa besogne. C'était Hooglebom qui braillait une chanson de marche allemande :

Mit Sack und Pack zaubert der Montur... La voix éraillée du vieillard faisait penser au glapissement d'une bête d'eau, et Caine mit plusieurs secondes pour reprendre contact avec la réalité. Le cri s'était déjà cassé, faisant place à un gémissement enfantin. Caine s'arracha de son siège et s'élança dans l'escalier, la lampe brandie. Il trébucha dans les couloirs en cherchant la sortie et il lui fallut plus de trois minutes pour gagner l'extérieur. À présent on n'entendait plus rien. Il s'immobilisa, ne sachant quelle direction prendre. Il contourna le bâtiment, persuadé que le concierge, ivre mort, était tombé dans le vide en essayant de descendre la rampe d'accès. Il avança prudemment. Les carreaux de mosaïque qui recouvraient le sol étaient fendus et détachés en maints endroits. Dans le pinceau de la torche, il avisa un bassin à demi ensablé où croupissait l'eau de pluie. Le vieux était là, allongé sur le ventre, la tête enfoncée dans le sable mouillé, les mains rejetées de part et d'autre de la grande croix gammée ornant le fond. Un flacon de whisky avait éclaté sur la margelle de la fontaine, répandant une odeur suffocante. Caine s'agenouilla, mais Hooglebörn se redressa de lui-même. Le sable lui faisait un masque crevassé de rides profondes. Il cracha, et Caine vit qu'il saignait du nez et des lèvres.

– Comment ça va, grand-père ? s'enquit-il, conciliant.

Pour toute réponse, l'autre lâcha une bordée d'obscénités et se cramponna à son épaule.

– *Mit Sack und Pack zaubert der... der...*

Il bavochait. Caine se dégagea d'une bourrade. Privé d'appui, le vieillard tomba, le derrière dans une flaque.

– Salaud ! rugit-il en soufflant bruyamment par le nez. T'es comme Cazinsky… un fouinard ! Un sale fouinard ! Tu voudrais me vider la tête, me gober la mémoire, mais je suis pire qu'un coffre-fort, mon gars ! Plus solide…

Il se mit à ramper dans l'eau croupie. Caine en eut brusquement assez, il tourna les talons et prit la direction du bâtiment. Il n'avait pas fait dix pas qu'une pierre le frappa dans le dos. Il fit volte-face. Il eut juste le temps de voir le vieux gesticuler : un deuxième caillou lui cingla le genou. Cette fois il eut très mal.

– J'en sais plus que vous croyez ! hurla Hoogleborn en plein délire éthylique. Je suis le gardien… la sentinelle ! Oui, la sentinelle de la maison morte !

Caine étouffa un juron, lutta contre l'envie de meurtre qui montait en lui et se dirigea vers la maison. Au passage, il tourna le faisceau de la lampe vers le lavoir. L'Indienne était ramassée sur elle-même, les mains crispées sur les genoux. Elle le regarda d'un air terrifié et se cacha la tête sous la bâche. Il fut tenté de lui dire quelque chose, mais elle ne comprendrait sûrement pas et il était inutile de la terroriser davantage. Hoogleborn s'était tu. Caine en fut soulagé. Il regagna la salle de travail et s'étendit sur le lit de camp sans éteindre la lumière. Le contact du sac de couchage poisseux éveillait en lui une certaine répugnance. L'incident l'avait troublé plus que de raison, et il ne parvint pas à trouver le sommeil.

Tout naturellement ses pensées prirent un tour morbide, mais quoi de plus normal ? Ne se trouvait-il pas, après tout, dans l'ancien hôpital privé d'un nazillon avide de manipulations organiques ? En venant ici il s'était promis de ne pas trop réfléchir à cet aspect du problème mais l'insomnie ravivait ses vieilles angoisses.

Les « expériences chirurgicales », c'était le domaine de Cazinsky : *Arturo Aguilados, légende et réalité d'un monstre solitaire*. Un titre à la con, soit, mais qui aurait sûrement plu aux abrutis de la télévision qui ne rêvaient que psycho-killers et femmes coupées en morceaux… Oh ! des titres, il y en avait eu d'autres : *Arturo Aguilados, criminel de guerre ou mythomane assassiné ?* En trois ans, Cazinsky avait bien dû en inventer une douzaine. Caine, quant à lui, n'avait pas d'opinion sur la question. Pendant longtemps il avait pensé que la biographie d'Aguilados était quelque chose d'à peu près aussi sérieux que celle du monstre du Loch Ness, aujourd'hui il ne savait plus. Trop de temps s'était écoulé depuis la mort du maître de Casamuerta pour qu'on puisse prétendre mener une véritable enquête ; la vérité s'était perdue, les légendes avaient proliféré. Toutefois, si l'on admettait l'hypothèse des tripatouillages anatomiques, il fallait s'interroger sur le rôle qu'avait pu y tenir Hoogleborn. Il était jeune à l'époque, vigoureux, et sûrement sans aucun scrupule. Était-ce lui qui fournissait à Aguilados les cobayes dont il avait besoin ? Comment s'y prenait-il pour capturer les Indiens et les amener sur l'île…

« Comme un voyou, songea Caine. Comme le sale petit voyou qu'il était. N'oublie pas que c'est pour avoir agressé une vieille femme qu'il purgeait une peine à la ferme-prison d'Oyonos County. »

Oui, Hoogleborn avait très bien pu prendre l'habitude de partir chasser pour son « Maître » dans les tribus du littoral. Qui se souciait des disparitions d'indigènes ? Sûrement pas la police du San-Carmino d'alors, cette paisible bourgade vivant de la pêche.

Caine s'agita sur son lit de sangles. Mal à l'aise. Il n'aimait pas l'idée de devoir côtoyer une vieille ordure qui se donnait des airs de fragilité sénile. Comment oublier que cette canaille septuagénaire avait joué les pourvoyeurs pour le compte d'un maniaque du bistouri ? Car aucun des Indiens « traités » n'était sorti vivant du laboratoire. Cazinsky, quant à lui, estimait les victimes d'Aguilados à plus de deux cents. Deux cents cadavres odieusement charcutés qu'on avait ensuite jetés aux requins du chenal. Bien sûr, il se trouvait des spécialistes pour avancer que cette histoire de Barbe-Bleue sud-américain n'était qu'un conte à dormir debout, mais Cazinsky y avait cru, lui. Et Cazinsky n'avait jamais été un naïf. Loin de là.

Quand on y réfléchissait bien, on réalisait qu'Alfred Hoogleborn était peut-être un boucher impuni, un valet d'abattoir que personne ne s'était jamais donné la peine d'inquiéter, et ce n'était pas là une pensée très réjouissante.

Comme le sommeil était trop long à venir, Caine se releva pour saisir un nouveau dossier. Malgré l'irritation qui le taraudait, il était forcé de reconnaître que le personnage d'Aguilados était fascinant. Fascinant et grotesque.

Aguilados émaillait sa conversation de « Grüss Gott ! » et de « Ach so ! », avait écrit Cazinsky. *Bien qu'il détestât la bière, il se forçait à en ingurgiter des litres qu'il buvait dans une chope portant la devise du Schwarz Korp : Honneur et Fidélité. Il ne se séparait jamais du Lüger P38 que lui avait offert le Reichsführer Heinrich Himmler...*

Caine travailla jusqu'à l'aube, des lacunes dans le texte lui permirent de constater que la documentation récente avait été mutilée, mais il fut incapable d'en tirer une conclusion utilisable. Quand la lumière du matin envahit la pièce, il frissonna, pénétré par l'humidité ambiante. En retournant une caisse, il mit la main sur la batterie de cuisine de Cazinsky. Il alluma aussitôt le petit réchaud de camping et s'évertua à confectionner un café cubain. Dehors, il ne pleuvait pas mais le ciel restait désespérément lourd. Caine songea qu'une tempête se préparait, peut-être même une tornade. Il se laissa tomber sur le lit de sangles et se débarrassa de sa chemise froissée. Il n'avait pas fermé l'œil mais ne s'en plaignait pas. Depuis des années son sommeil se peuplait de rêves terrifiants qui continuaient à le poursuivre par-delà le réveil. Les insomnies ne lui faisaient plus peur, il les accueillait même avec un certain soulagement.

Il éteignit le réchaud et avala le café bouillant après avoir jeté une grosse poignée de sucre en poudre dans la casserole. Tout autour du bâtiment les mouettes glapissaient de façon lamentable et ce concert de cris stridents lui sciait les nerfs. « Hoogleborn est une mouette ! » pensa-t-il avec agacement. Il ouvrit une boîte de conserve, remplit un pot de café et sortit. Sur la terrasse une sterne sautillait en labourant le sable à coups de bec. Il prit le chemin du lavoir, se demandant si la fille accepterait ses provisions. Il s'arrêta à l'angle du mur. Elle était là. Elle avait allumé Dieu sait comment un petit feu de brindilles qui répandait une fumée âcre mais quand elle le vit, elle se recroquevilla en chien de fusil. Caine jugea inutile d'insister. Il déposa les vivres et tourna les talons. Au moment où il allait quitter la casemate il fit volte-face. Le dos de l'Indienne, hier intact, était aujourd'hui zébré par de longues meurtrissures ! Quelqu'un s'était amusé à lui administrer une affreuse correction à coups de badine ou de ceinturon… Hoogleborn ! Caine se rua hors du lavoir, mais le sommet du piton rocheux était désert.

– Vieux sagouin ! hurla-t-il, montre-toi ou je te sors de ton trou à coups de pied au cul !

Il se jeta dans l'escalier de pierre taillée, dérapant sur les marches humides. Alors qu'il atteignait la plage, il dérapa et se retrouva dans le sable à quatre pattes. Au fond de lui-même il était heureux d'avoir un prétexte tangible pour s'en prendre à Hoogleborn. Le vieux lui faisait la même impression qu'un cafard. Il fit le tour de la plage, décrivant un cercle à la base du piton. De temps à autre, il criait et vociférait pour entretenir sa colère. Au bout d'une demi-heure il se laissa tomber sur la grève, au milieu des coquillages éclatés, le souffle court. Il se sentait mieux, cette explosion de rage avait eu raison de la tension nerveuse qui lui usait les nerfs depuis trop longtemps. Dès qu'il eut repris sa respiration il recommença à appeler, mais n'obtint pas de réponse. Il décida finalement de remonter, il se sentait très fatigué. Au sommet il vit l'Indienne accroupie près du feu. La fumée grise sinuait le long de son ventre et de sa poitrine. Elle avait l'air de prier.

⁂

Au début de l'après-midi le soleil se montra et une chaleur d'étuve tomba sur l'île. À l'intérieur du bâtiment l'air devint rapidement irrespirable. Caine traîna une couverture sur la terrasse et s'y allongea. La mer était plate, brillante comme une lame. Une vraie mer d'huile. Il pensa : « La tempête… La tempête… » Cette éventualité l'amena à considérer qu'il risquait de se retrouver bloqué sur l'île en cas de gros temps ; or il devait joindre Súna au plus vite.

Ce fut une ombre sur la mosaïque qui le fit sursauter. Le vieux était là, les mains croisées derrière le dos. Son chapeau délavé enfoncé au ras des sourcils. Des croûtes noirâtres maculaient ses narines et ses lèvres. Plus que jamais il avait l'air d'une punaise, d'une bête nuisible.

– On n'insulte pas les vieux, petit, articula-t-il avec difficulté, les jeunots n'ont pas le droit de gueuler sur les anciens… et puis j'aime pas qu'on me menace !

Il sortit brusquement les mains de derrière son dos, et Caine vit qu'il brandissait une planche. Il eut juste le temps de s'agenouiller et de lever un bras. Le morceau de bois le frappa au front, à l'endroit même de sa blessure. Avant de sombrer dans l'inconscience, il fut certain que c'était intentionnel.

Il ne reprit connaissance que vers le soir. Ses paupières étaient collées par le sang coagulé, et il dut se traîner vers le bassin à croix gammée pour se rincer le visage. Chose curieuse, la peau autour de la blessure se révéla complètement insensible. C'était comme si on lui avait cousu une pièce de cuir sur le front. Il resta un long moment abattu, allongé à plat ventre dans l'eau croupie, incapable de formuler une pensée ou d'articuler un mot. Ses yeux demeuraient accrochés à la ligne d'horizon et aux arabesques des mouettes qui piquaient en hurlant pour venir déchirer la crête des vagues. Enfin, un mot fit son chemin vers ses lèvres : « Le salaud ».

Ce fut comme une formule magique. Il se sentit la force de se redresser et s'agenouilla dans la boue entourant la fontaine. Des étincelles vrillèrent ses pupilles.

« Le salaud ».

Un gémissement monta soudain du lavoir : étendus sur le ciment, nus et couverts de sueur, Hoogleborn et l'Indienne faisaient l'amour… Cette étreinte mêlant une fille terrifiée qui se laissait faire – bras et jambes docilement écartés pour ne pas contrarier le démon blanc – et un vieillard libidineux, à la peau flasque et grise d'iguane albinos, éveilla un dégoût teinté de frayeur dans l'esprit de Caine. Sans même chercher à les séparer, il courut se réfugier à l'intérieur de la maison.

4

La jeune femme s'était arrêtée, face à la mer, la lanière de son sac de cuir jetée sur l'épaule. C'était une métisse, mais sa peau restait résolument foncée et ses cheveux crépus couraient ras sur son crâne. Elle se secoua, anesthésiée par la longue nuit de veille. Dix ou douze filles de dix-huit à vingt-cinq ans l'attendaient sur le chemin de la crique ; comme elle, toutes s'étaient enfuies de la fumée des bars et des *cantinas* dès que la nuit avait commencé à pâlir. Les galets roulaient sous leurs pieds humides avec un crissement de poinçon mordant le marbre.

– Vite ! cria l'une d'entre elles. Suspender attend !

La métisse eut un sourire amer. Suspender... La Bretelle. C'était le surnom du type râblé qui tenait la taverne de pêcheurs au centre de la crique. Une bâtisse digne d'un bidonville, toute en tôles, fûts et filets, mais le café qui y coulait relevait du nectar, et de plus on le servait gratis aux jeunes femmes échappées des bars ou de la nuit. Suspender, qui devait son surnom aux larges bretelles rouges lui barrant perpétuellement la panse, avait en effet passé une sorte de contrat avec les *chiquitas*. Chaque jour, à l'aube, émergeant de l'enfer des bouteilles, de l'alcool et des attouchements moites, minées par la migraine et la nausée, serveuses et barmaids avaient coutume de plonger nues dans la baie. Les vagues rinçaient leur fatigue, emportaient l'odeur du tabac et de la bière aigre dans une gerbe d'éclaboussures. Pour cette vision de rêve qui saluait son réveil, Suspender – ne tenant pas à ce qu'à cause de sa présence elles déplacent le lieu de leurs ébats – sortait sur la plage, sa cafetière de métal à la main, les quarts bosselés en équilibre au creux du coude. Souvent, une bassine de friture copieusement salée venait marquer le centre du cercle où les filles se pressaient, chair dorée, noire ou brune, où roulaient encore les gouttes d'eau. Gratis... telle était la devise de Suspender : un repas gratis pour un plongeon sans autre maillot qu'une toison pubienne. En peu de temps il était devenu l'égal d'un dieu.

Les palmiers frissonnaient dans le matin. La métisse fit glisser sa robe souillée, la roula en boule et l'enfouit dans le sac de cuir. Au moment où elle refermait la gibecière avachie, de petits instruments de chirurgie brillèrent au soleil. Elle avança. Les vagues mourantes lui enveloppèrent les chevilles.

Cent mètres en arrière, Caine plissa les yeux, mais la lumière, trop pâle encore, l'empêchait de suivre distinctement la petite tête crépue ballottée au creux des rouleaux d'écume. Il posa avec précaution ses pieds sur les galets fuyants. Des piaillements et des rires montaient de la crique. Les filles sortaient de l'eau en s'aspergeant devant le café délabré. Elles se donnaient en spectacle sous l'œil de l'homme aux bretelles rouges. Elles avaient faim, et elles savaient que rien ne valait une débauche de peaux ruisselantes pour éveiller la générosité de Suspender. Caine passa l'ongle de son pouce sur sa barbe grise, cédant à un tic nerveux qui avait toujours prodigieusement agacé son ex-femme. Il cherchait Súna, la métisse... Elle jaillit soudain de l'eau, lui tournant le dos. Avec ses cheveux ras et ses petites fesses hautes, on aurait pu la prendre pour un garçon. Il lui adressa un signe bref dès qu'elle se retourna. Elle hésita, puis avança, les yeux baissés. Caine sourit, elle semblait terriblement gênée de sa nudité mais il savait que ce n'était qu'une comédie. Elle croisa les poignets sous son nombril, disposant ses doigts en éventail devant son pubis moutonneux.

– Croise tes bras derrière ton dos ! commanda-t-il sur un ton d'instituteur réprimandant un élève.

Au son de sa voix elle le reconnut. Son accent américain l'avait probablement trahi. Elle releva vivement la tête et éclata de rire.

– Caine !

Elle se jeta contre lui, saisit le visage du romancier entre ses mains mouillées et l'embrassa brutalement.

– C'est Dieu qui t'envoie, lança-t-elle, je n'ai rien mangé depuis deux jours. Paye-moi quelque chose !

Il lui donna de l'argent. Elle s'empara avidement des grands billets froissés, ces pseudo-dollars de pacotille qui ne valaient pas grand-chose, et fila vers la *cantina* sans même se rhabiller.

Quand elle ressortit de la baraque, elle serrait un sac de provisions sur sa poitrine nue. Caine l'en débarrassa le temps qu'elle enfile sa robe. Elle le fit sans se sécher. À nouveau, les petits instruments tintèrent.

Ils remontèrent vers la route en se tordant les chevilles. Caine se laissait guider, observant le profil de la jeune femme à la dérobée. Ils arrivèrent bientôt devant une vieille maison délabrée accrochée à la berge d'un plan d'eau asséché. Toutes les fenêtres de la bicoque étaient obturées par des moustiquaires.

– Viens, murmura Súna. C'est là. Quand Cazinsky m'a virée, il a bien fallu que je survive. Un copain m'a prêté cette ruine, et pour gagner trois sous je faisais du strip-tease. Seulement je n'avais pas de moustiquaire, et les insectes me bouffaient toutes les nuits. Mon corps était tellement cloqué que je me suis retrouvée au chômage. On ne voulait plus que je m'exhibe, je n'avais plus rien d'érotique.

Elle eut un rire rauque, cassé.

– Je croyais que les moustiques ne piquaient que les touristes ? observa Caine pour combattre la gêne qui montait entre eux.

– Penses-tu ! s'esclaffa Súna, il n'y a que les Indios qui ne les craignent pas.

Ils grimpèrent l'escalier de bois. Quelqu'un avait vissé une statuette de la Vierge sur le pommeau de la rampe. Une Vierge de bois coloriée en bleu azur et aux grands yeux de biche effarouchée.

– La baraque servait de dispensaire, expliqua brièvement Súna. Deux religieuses y habitaient, elles sont mortes des fièvres et on ne les a pas remplacées. Elles avaient dans l'idée de créer une léproserie, ça ne plaisait pas aux promoteurs. Il se trouve des gens pour chuchoter qu'on les a empoisonnées.

Elle se figea une seconde, dévisagea Caine avec une sorte d'incrédulité, et passa une main nerveuse dans ses cheveux.

– Ça me fait drôle de te voir, murmura-t-elle. Tu écris toujours tes petits romans policiers à deux sous ? On en trouvait des traductions jusqu'ici du temps où les choses allaient bien. Il y avait ta photo sur les couvertures. Il me semble que tu avais le poil moins gris alors ? C'est le notaire de Cazinsky qui t'a demandé de venir ?

Mais elle se détourna avant qu'il ait pu répondre. Ils montèrent au premier par un escalier branlant. Il y avait plusieurs chambres aux murs chaulés. Súna franchit le seuil de l'une d'entre elles. Le lit n'avait pas dû être fait depuis quinze jours. Trois oreillers aux coutures distendues jonchaient le matelas. Elle se laissa tomber sur la couche, à la renverse. Des petites rides de fatigue tiraient les coins de ses yeux et de sa bouche.

– Ôte-moi ma robe, commanda-t-elle, je suis trop crevée.

Caine s'approcha et fit glisser la pièce d'étoffe le long des cuisses brunes. La jeune femme avait fermé les paupières. Il remarqua des traces de sang séché sur ses ongles.

– Une nuit difficile ? hasarda-t-il. Tu joues toujours les infirmières bénévoles ?

Elle se retourna et cracha sur le mur.

– Un accouchement chez les Indios, souffla-t-elle d'une voix presque inaudible. Un sale truc, le gosse se présentait mal. J'ai cru qu'il allait y rester avec la mère.

– Tu es sage-femme maintenant ?

– Non, mais l'unique toubib de Carmino ne veut pas se risquer chez les Indiens. Il préfère les clients civilisés, qui paient avec de vrais billets.

Caine ouvrit le sac de cuir, sortit les outils un à un, ainsi que les conditionnements stériles de fil à suture. Le scalpel accrochait des éclats de lumière et sa lame n'en paraissait que plus tranchante. Tout au fond, il trouva une petite gourde de terre cuite.

– Qu'est-ce que c'est ? demanda-t-il.

Súna roula sur le dos, ouvrit un œil. Elle ne prêtait aucune attention à sa nudité. Écartelée sur le lit, elle contemplait le plafond lézardé.

– Mon salaire, murmura-t-elle enfin, de la *chicha*. C'est un truc terrible, ça peut rendre dingue quand on n'y est pas habitué. Tu sais qu'on doit y mélanger de la poudre à fusil quand on est un vrai *macho* ? Tu en veux ?

Caine secoua négativement la tête. La fatigue et la migraine l'écrasaient. Il en avait assez de jouer au chat et à la souris. Il s'assit au pied du lit. Súna le dévisagea d'un œil froid.

– Tu as pris un coup de vieux, lui lança-t-elle. Tu étais plus jeune dans mon souvenir. Comme sur la photo des couvertures.

Caine grimaça un sourire.

– Tu m'as tout de même reconnu, alors rien n'est perdu, observa-t-il. Je suis allé régler les frais de la cérémonie. Une barque viendra chercher le cercueil cet après-midi. Ça n'a pas été facile. Personne ne voulait aborder sur l'île. Ils ont l'air assez superstitieux, non ?

Súna ne répondit pas. Le silence s'installa, pesant.

– Pauvre Oswald, perdu si loin de Los Angeles ! ricana enfin la jeune femme. Il faudra que tu t'y fasses ; ici, à San-Carmino, on vit encore dans la jungle, tu ne le sais pas ? D'ailleurs la forêt bouffe les buildings, bientôt il y aura des singes dans le hall des derniers hôtels habitables…

– Súna…

– Écoute ! La piste d'envol est lézardée, foutue. Nous retournons à la jungle, lentement mais sûrement. Comment veux-tu que les gens d'ici oublient leurs croyances ? Les neuf dixièmes de la population ont du sang indien dans les veines, même s'ils se donnent beaucoup de mal pour l'ignorer. Tu comprends ? Les bourgeois s'affublent de noms hispaniques pour faire croire que leur lignée vient de Castille, mais tous ont des ancêtres noirs ou Hayacamaras.

Caine acquiesça. Súna s'agenouilla en face de lui, et reprit en le regardant dans les yeux :

– Collado, le patron de la pêcherie, a dans le lobe de l'oreille un trou de la grosseur du petit doigt. Quand il fait mauvais temps, quand il a peur pour ses bateaux, il y glisse un petit morceau de bois fétiche pour écarter la tempête. Joano, le directeur du grand hôtel, Joano – même bourré de fric comme il l'est –, Joano, qui a fait le tour du monde, étudié à la *Business Harvard School*, et vécu dix ans à Boston, porte autour des reins une liane réputée magique pour décupler sa virilité. Tu vois ?

Caine lui signifia qu'il avait compris.

– Súna, fit-il d'une voix sourde. Qu'est-ce qui s'est passé à Carmino ? Il y a deux ans c'était…

– *Deux ans !* coupa la jeune femme. Tu es presque un revenant, Caine ! Tu n'as pas idée de tout ce qui a pu arriver en ton absence. En te le résumant vite, je le résumerai mal, mais je vais essayer. En fait, Carmino a pris son grand tournant avec une sale histoire. Tu te souviens de Pitsacoa ?

– La mine d'or au-dessus du fleuve ?

– Oui. Jusqu'à une date assez récente c'était une concession minuscule, artisanale. Et puis soudain tout a changé. On a, paraît-il, isolé le *mother lode*, le filon mère, et aussitôt les types d'une grande compagnie ont pris les choses en main. Ils ont transformé la cuvette en véritable exploitation, construit un barrage, tondu la jungle tout autour, foré dans la mine comme dans une carie. Cela a duré un bon moment. Les Indios formaient la main-d'œuvre. Pour un transistor et une bouteille de *mezcal*, ils auraient accepté de vider la mer avec une calebasse. Il y a maintenant un camp, là-haut, avec des miradors, des mitrailleuses, et tout et tout… Je n'y suis jamais allée parce qu'il n'est pas bon pour une fille de traîner là-bas, mais on m'a raconté : la discipline de fer, les manœuvres enrôlés pour un an avec interdiction totale de sortir avant l'expiration du contrat. Et le jour du départ : l'examen médical, les lavements pompés dans le cul à grands coups de clystère pour être bien sûr qu'aucun ouvrier ne s'est hasardé à bouffer quelques pépites dans l'espoir de les passer en fraude… Le vrai camp de vacances, quoi ! Puis il y a eu une erreur psychologique de la Direction, de Gabriele Adolfo Parduras pour ne pas le nommer.

– Le Nabot ?

– Oui, mais ne prononce jamais ce nom en public si tu ne veux pas qu'il t'arrive des malheurs. On pourrait par exemple te couper les jambes à la tronçonneuse à la hauteur des genoux, pour te rendre moins fier de ta haute taille… C'est déjà arrivé. Pour en revenir à la mine, à force de creuser, les gars sont tombés sur une nécropole précolombienne. Rien que des crânes momifiés disposés en cercles concentriques, avec, au milieu, les chefs et les sorciers. Le tout réparti selon la hiérarchie des clans. Chaque crâne de chef avait une énorme pépite coincée entre les dents. Une pépite d'or pur. Oh ! ça n'avait rien de véritablement extraordinaire, mais les Indios ont refusé qu'on touche au cimetière, même si ça devait bouleverser le plan d'exploitation, et pas mal de gens à Carmino étaient de cet avis. Ici, je te l'ai dit, on vit dans la jungle. Parduras n'a pas trop discuté, les Indios menaçant d'arrêter le travail, mais il a exigé qu'on déplace la nécropole pour ne pas condamner la zone de forage. Ça a fait du bruit. Il y a eu quelques affrontements, mais Parduras s'est obstiné, et les gars de la mine ont chargé les squelettes sur un camion pour reconstituer le cimetière en pleine jungle. Là, on ne sait pas ce qui s'est passé, mais à l'arrivée on avait piqué la moitié des pépites serties dans les crânes. Qui ? Les gardes peut-être. Ou alors un provocateur, un agent d'une compagnie concurrente, tout est possible, car on n'avait pris aucune précaution particulière. Ça a été l'émeute. Les Indios ont renversé et incendié les camions. Fatalement, pour éviter d'être lynchés, les mercenaires de Parduras ont tiré dans la foule... Il y a eu une cinquantaine de morts, des femmes, des gosses, des vieux aussi, qui étaient venus pour la cérémonie. Miss O a commencé à faire parler d'elle un mois à peine après le massacre. Tu vois, Caine, c'est drôle, mais quand on y réfléchit bien, c'est à ce moment-là que Carmino s'est mis à mourir.

– Pourquoi ?

– Parce que les gros pontes qui venaient ici en villégiature n'ont pas aimé l'odeur de la mort, le bruit des bottes le long des avenues et les contrôles surprises à la pointe du fusil. Les villes contaminées par le terrorisme attirent rarement le touriste à fric. Ils ont bazardé leurs affaires et sont repartis vers la capitale. Seuls les petits bourgeois se sont laissé prendre au piège. Et Carmino meurt aujourd'hui après avoir connu un début d'expansion. Le seul vrai centre d'activité, c'est la mine. C'est là-haut que tout se passe. Les mercenaires de Parduras règnent en maîtres, même les flics n'ont plus de pouvoir devant eux.

Il y eut à nouveau un long silence. Caine se rendit brusquement compte qu'il pleuvait. Les rafales tièdes cinglaient obliquement les vitres et la pièce amplifiait ce staccato comme un vulgaire bidon. Il décida de ramener le débat sur le seul sujet qui le préoccupât réellement :

– Et Cazinsky ?

Súna saisit la petite gourde de *chicha*, en arracha le bouchon de bois avec les dents et but. Elle eut une quinte de toux, s'essuya les yeux et reposa le flacon.

– Cazinsky m'a virée, fit-elle avec détachement. Vers la fin il était devenu complètement paranoïaque. Il écrivait dans un langage chiffré de son invention. Il détruisait ses notes au fur et à mesure, apprenait ses dossiers par cœur. Il croyait que tous ceux qui l'entouraient cherchaient à percer ses secrets.

– Et c'était faux ?

La jeune femme plissa le nez.

– Caine, murmura-t-elle, si on abordait *franchement* le problème au lieu de tourner autour du pot ? Qu'est-ce que tu t'es mis dans la tête ?

– Je pense que Cazinsky avait posé le doigt sur quelque chose d'énorme, comme ça, par hasard, en fouillant dans les vieilles paperasses d'Aguilados. Je crois qu'il a fini par débusquer un rat géant. Un vrai phénomène de cirque. Une bête valant son pesant d'or.

Súna se mit à caresser d'un index rêveur le col du flacon de terre cuite.

– Je savais que tu allais dire ça, murmura-t-elle, dès que je t'ai vu sur la plage. En fait je t'attends depuis la mort de Cazinsky. Il était impossible que tu ne viennes pas. Tu es comme moi, tu n'as jamais été vraiment convaincu par cette histoire de biographie, n'est-ce pas ?

Caine se passa la main sur le visage. Lorsqu'il effleura ses joues, sa barbe grise et rêche crissa sous l'ongle de son pouce. Dans la chambre, l'atmosphère s'était brutalement alourdie. Súna l'observait derrière le rempart de ses cils, les mains posées sur ses cuisses nues. Tout était trop calme, il fallait bouger, dire quelque chose pour alléger la tension. Il ouvrit la bouche, les muscles de ses mâchoires ne jouèrent qu'à regret.

– Alors ? dit-il, tu veux réellement qu'on continue cette partie de poker ? Il faut que l'un de nous deux se décide à abattre une carte, sinon…

– Je n'ai qu'un petit jeu, objecta la jeune femme. J'espérais que tu prendrais l'initiative, que tu me laisserais entrevoir ta donne.

Elle hésita, fronça les sourcils, puis accepta de se lancer à découvert.

– Écoute, attaqua-t-elle dans un souffle. Je ne sais vraiment pas grand-chose. Quand Cazinsky est arrivé à Carmino, il a pris contact avec toutes les personnes susceptibles d'avoir connu ou approché Herr Von. C'étaient tous des vieillards délabrés, des gens au cerveau mangé par l'âge, des radoteurs. Généralement leurs informations ne s'élevaient pas au-dessus du ragot ou du potin d'alcôve. Elles avaient surtout trait à la vie sexuelle d'Aguilados dont on disait qu'il avait exercé un droit de cuissage très réel sur les femmes, les jeunes filles, et même les fillettes des alentours. Ces bavardages n'étaient bien sûr étayés par aucune preuve concrète. Cazinsky les enregistrait sur un magnétophone portatif, je les transcrivais ensuite à la machine. C'était un job foutrement emmerdant. En fait, tout a basculé le jour où un vieux pêcheur lui a raconté qu'un beau matin, dans sa jeunesse, alors qu'il traînait sur la plage, il avait assisté à une explosion sous-marine au large de l'île…

– Une explosion sous-marine ?

– Oui, un geyser, une trombe d'eau s'élevant au-dessus de la surface. Puis, très vite, une nappe huileuse s'était formée que les vagues avaient poussée vers la plage. Au milieu des taches de mazout il y avait des débris de toutes sortes. Des pièces de métal, des bidons, des ustensiles de cuisine. Voilà ce que se rappelait le vieux. Il avait ramassé une casserole intacte et l'avait gardée toute sa vie. Il en était très content. Il la possédait toujours, il l'a montrée à Cazinsky. Grâce aux chiffres gravés sur le fond on a pu déterminer qu'il s'agissait d'un matériel culinaire appartenant à la *Kriegsmarine*. Cazinsky a pensé à la même chose que toi en ce moment. Il a loué des équipements de plongée, un canot, et a commencé à prospecter méthodiquement au large de l'île. Cela lui a pris plus de quatre mois. Je l'ai aidé au maximum car il n'était pas en très bonne forme physique. Nous restions immergés jusqu'à la limite de sécurité, cumulant les plongées successives. Le soir nous rechargions les bouteilles bi-pack sur un compresseur de location, et nous reprenions la mer, sans trêve. C'était épuisant. Cazinsky additionnait les accidents de décompression : saignements de nez, douleurs articulaires, « moutons » sous la peau, irritation des bronches. C'est à cette époque qu'il a entrepris de se piquer régulièrement à la cortisone. En fait, il n'aurait jamais dû endosser un scaphandre, il avait des antécédents asthmatiques et des troubles cardiaques. Ces explorations ont beaucoup contribué à son délabrement physiologique. Bref, au bout de cent vingt-cinq jours nous avons décroché le gros lot. Le pêcheur n'avait pas menti. Échoué par soixante-dix mètres de fond, dans une faille qui le dissimulait totalement aux regards, il y avait la carcasse déchiquetée d'un submersible de type IX/C, le bâtiment océanique classique de la marine de guerre allemande des années quarante. Ce type de vaisseau mesurait soixante-dix-sept mètres, mais il n'en restait plus grand-chose. La poupe avait été soufflée par une explosion interne et le kiosque décapité au ras du pont. C'est dans la chambre des torpilles d'étrave que Cazinsky a fini par découvrir une cassette qu'il s'est empressé de remonter. Elle ne contenait que des papiers à demi pourris, des ordres, tous rédigés en code. En les étudiant, Cazinsky a compris que le *U-Boot* avait pour mission d'escorter un cargo voguant vers San-Carmino. Un cargo chargé d'un fret dont la nature n'était précisée nulle part, ce qui était pour le moins mystérieux. Le bateau devait rester au large tandis que les canots assureraient le déchargement. Le lieu exact du débarquement et le contenu des caisses ne figuraient pas sur les lambeaux de papier, mais l'imagination de Cazinsky galopait déjà.

– Et quelles étaient ses conclusions ?

– Tu t'en doutes, non ?

Caine sentit la sueur serpenter en rigoles le long de sa colonne vertébrale.

– C'était vers la fin de la guerre, n'est-ce pas ? souffla-t-il la bouche sèche. On peut donc penser qu'un quelconque dignitaire nazi, reniflant le vent de la débâcle, a décidé de confier à Herr Von quelque chose qu'il fallait à tout prix éloigner de l'Europe. Notre tyran local avait fait plusieurs voyages en Allemagne. J'ai retrouvé des photos et des bribes de correspondance. Il adorait flirter avec les officiers de haut rang, même si ceux-ci le considéraient en définitive comme un sous-homme. Un *Obermensch*, comme ils disaient ! Il est probable que l'un d'eux, à l'heure de la défaite, lui a demandé un coup de main.

Súna approuva d'un clignement de paupières.

– C'était en gros le raisonnement de Cazinsky, dit-elle. Il ne m'a jamais fait aucune confidence, mais la direction de ses recherches parlait d'elle-même. À la fin du conflit, beaucoup d'officiers supérieurs s'étaient constitué au hasard de leurs campagnes des trésors de guerre plutôt coquets. Ils étaient bien sûr censés expédier la totalité des prises à Berlin, mais en réalité chacun prélevait sa part au passage. Cela dit, je voudrais faire une mise au point. Attention, j'ai reniflé l'affaire avant toi, Caine ! Je te préviens en toute amitié, ne compte pas m'évincer. J'ai pris des risques énormes en plongeant pour retrouver l'épave du sous-marin. Dix fois j'ai failli y laisser ma peau… S'il y a une compensation au bout de tout cela, j'en veux ma part. J'ai fait le plus sale boulot, par soixante-dix mètres de fond, alors que tu te prélassais en Californie. Je veux être dédommagée.

Caine leva la main en signe d'apaisement.

– Je n'ai pas l'intention de te doubler. De toute manière, nous avons intérêt à mettre en commun ce que nous savons. Chacun de nous détient peut-être sans s'en douter un morceau important du puzzle.

– Qu'est-ce que tu comptes faire ?

– M'installer quelque temps à Casamuerta et dresser un inventaire des archives, tout passer au crible.

– Je ne crois pas que tu y trouveras quelque chose. À la fin, Cazinsky avait viré parano. Il n'écrivait plus qu'au moyen de signes cryptographiques de son invention. Hoogleborn a dû s'empresser de faire disparaître tout cela. Méfie-toi de lui, c'est un fou. Il n'est pas impossible qu'il ait empoisonné Cazinsky.

Caine sursauta.

– Vraiment ?

– Vraiment. C'est un illuminé. Il se prend pour la sentinelle de Casamuerta, le gardien d'un musée imaginaire consacré à Herr Von. Il est prêt à tout pour sauvegarder son sanctuaire. Sois prudent. Cazinsky l'a toujours sous-estimé, c'était une erreur. Ici, il est facile de se procurer auprès des indigènes des poisons végétaux très efficaces. Et dans la débâcle de San-Carmino, qui se soucierait encore de pratiquer une autopsie ? Il n'y a plus qu'un seul médecin en ville, et il est totalement débordé. Alors, le cadavre de Cazinsky, on n'a pas dû lui consacrer plus de deux minutes avant de signer le permis d'inhumer. Ne prends pas ce que je dis à la légère, la Californie est loin, Carmino c'est réellement un autre monde. Il te faudrait des mois pour t'adapter, et tu ne disposes pas de tout ce temps.

Caine grogna.

– Je n'oublierai pas, murmura-t-il. Nous resterons en contact. Je reviendrai dans quelques jours et nous ferons le point, mais je suis heureux de constater que tu as eu la même impression que moi. Je finissais par me demander si mon imagination ne s'emballait pas un peu trop.

Il soupira.

– Je vais te quitter. Il faut que je règle encore les formalités d'enterrement et que je rencontre le notaire qui s'occupait des affaires de Cazinsky.

– Ne t'attends pas à des merveilles, je crois qu'il n'avait plus un sou vaillant. Depuis quatre ans il n'avait pas eu une seule rentrée d'argent, et ses recherches en Europe lui coûtaient la peau du cul. Les derniers temps, au contact d'Hoogleborn, il se clochardisait.

Caine esquissa un geste de la main et s'engagea dans l'escalier. Súna ne fit pas un mouvement pour le raccompagner. Elle demeura immobile au milieu des coussins et des oreillers pisseux, le regard perdu dans le vide. Le battant du hall claqua enfin. Aussitôt, la porte de la chambre contiguë s'ouvrit et Nuco entra dans la pièce. Sans un mot, il marcha vers la fenêtre et écarta les lames du store pour observer Caine qui remontait la rue en direction du port.

– C'est lui, Oswald Caine, le romancier ? grogna l'Indien aux longues mèches huileuses.

– C'est lui, confirma Súna. Et il est moins idiot qu'il ne veut s'en donner l'air. Ne te fie pas à ses airs de hippie attardé.

– Tu crois qu'il peut trouver le trésor ?

– Si quelqu'un en est capable, c'est bien lui. Il a un sixième sens pour ce genre de travail. Il est venu ici pour me sonder, peut-être même pour s'assurer que je ne possédais aucun renseignement important. Il faudra que tu le surveilles discrètement. C'était l'élève de Cazinsky, il y a vingt ans. Personne d'autre que lui n'est mieux à même de retrouver le cheminement de pensée du professeur. Il localisera le trésor, j'en suis sûre. À moins que Hoogleborn ne le tue avant.

Elle alla vers une commode bancale dont elle tira une petite boîte ronde qui ressemblait à un poudrier d'écaille. Levant le couvercle d'un coup de pouce, elle y pêcha du bout de son index mouillé trois confettis de taffetas noir, trois « mouches » de toile gommée adhésive. Avec un soin méticuleux, elle entreprit de les coller sur son sternum, en une ligne parfaite, dessinant un triptyque de grains de beauté soigneusement espacés. Nuco grimaça.

– Súna, non…, implora-t-il. Tu ne vas pas sortir ce soir, au moins ? Si le trésor est à portée de main, pourquoi continuer à prendre des risques ? Bientôt tu auras l'or et, avec l'or, des fusils, des armes modernes. C'est ce que tu voulais, non ? Financer la révolte sans avoir recours aux narco-dollars… tu pourras alors te battre à visage découvert…

La jeune femme haussa les épaules, ouvrit une armoire où pendait une combinaison de cuir de motard. Posé sur une étagère, le casque à visière chromée brillait comme une tête de robot décapité.

– Il faut les harceler, murmura-t-elle. Encore et encore. Et demeurer insaisissable. Ce n'est que de cette façon que Miss O restera un personnage mythique. Les foules adorent les vengeurs masqués, c'est aussi bête que ça. Sinon pourquoi crois-tu que je me livrerais à cette comédie ? Il faut que je sois un fantôme, un être magique. Parmi les Indiens, on murmure déjà que Miss O est une féticheuse chevauchant les esprits, et que la milice de la mine ne l'attrapera jamais.

Le colosse baissa la tête.

– Tu tires trop sur ta chance, grogna-t-il, et de jour en jour le filet se resserre. Les esprits t'abandonneront en plein vol.

– Mais non, Nuco, car nous allons leur faire bientôt une belle offrande : le trésor de Casamuerta.

– Et Caine, on le tuera ?

– Nous verrons. Une fois qu'il aura découvert l'or, il peut effectivement devenir exigeant, réclamer sa part, alors il faudra le tuer… Ce sera un second sacrifice aux esprits. Je crois que les Indios apprécieraient cette façon de voir, non ?

5

La grosse barque des pompes funèbres dansait à la crête des vagues, trop lourdement chargée pour affronter sereinement le ressac. Le cercueil de Cazinsky reposait de guingois entre les bancs de nage, et il avait fallu l'arrimer avec des cordes pour empêcher qu'il glisse d'un bord à l'autre. Sans cette précaution pour le moins irrespectueuse il aurait depuis longtemps basculé dans la mer. Les employés en uniforme de drap bleu ne faisaient rien pour dissimuler leur répugnance. Assis près du moteur, de chaque côté de la barre, ils dévisageaient Caine avec un dégoût apeuré. Probablement lui en voulaient-ils de les avoir forcés à poser le pied sur l'île. Cette incursion en territoire interdit les avait traumatisés, c'était évident. Une heure plus tôt, lorsqu'ils avaient traversé la baie en diagonale pour venir aborder sur la petite plage circulaire qui faisait le tour du piton rocheux, le romancier avait été frappé par la peur qui brillait dans leurs yeux sous la visière de leur casquette plate de croque-morts. Un instant, il avait cru qu'ils allaient refuser de monter l'escalier de pierre jusqu'à la maison-bunker, et qu'il allait être obligé, lui, Oswald Caine, de descendre le cercueil par ses propres moyens en le tirant maladroitement pour le faire rebondir de marche en marche au risque de voir la boîte éclater avant d'avoir parcouru la moitié du chemin. Cette perspective l'avait empli d'épouvante et il s'était empressé de tendre quelques billets froissés aux deux hommes figés, ridicules avec leurs pantalons de cérémonie retroussés jusqu'aux genoux et leurs chaussures attachées autour du cou. Sous l'effet du vent, le sable avait entrepris de saupoudrer les uniformes d'une pellicule grisâtre, si fine qu'elle évoquait la cendre.

– Le cercueil est dans la maison, avait alors dit Caine. En haut de l'escalier, je vais vous guider.

Mais les employés ne bougeaient toujours pas. Leurs pieds nus s'enfonçaient dans le sable mou de la grève. C'étaient des métis qui avaient conservé de leur ascendance indienne des yeux très bridés, indéchiffrables. Enfin, l'un d'eux se décida. Dépliant le bras avec une raideur de marionnette, il happa les billets. Sans attendre, Caine tourna les talons et se lança à l'assaut de la première volée de marches. Il n'y avait pas beaucoup de vent aujourd'hui et le soleil chauffait le rocher comme pour le faire fondre. Dans la lumière crue, les fissures semblaient dessinées à l'encre de Chine. On avait envie d'y mettre le doigt pour vérifier qu'il ne s'agissait pas de peintures en trompe-l'œil. Toutes les vingt marches, Caine tournait la tête pour s'assurer que les croque-morts n'avaient pas rebroussé chemin. Ils atteignirent enfin la maison. Son aspect de citadelle troubla profondément les métis ; ils demeurèrent une minute hésitants, debout au sommet des dernières marches, contemplant la masse étrange du cube bétonné, et Caine devina leur appréhension.

Il était difficile de nier que la bâtisse dégageait une sorte de halo d'angoisse qui provoquait le recul instinctif. Le romancier chercha un moyen de détendre l'atmosphère mais son imagination tournait à vide. Il était lui aussi sous l'emprise du bunker. Les employés des pompes funèbres avançaient au ralenti, comme s'ils n'avaient trouvé que ce subterfuge pour retarder le moment où il leur faudrait poser le pied sur l'ombre vorace de la maison. Caine transpirait. Une fois la porte franchie, il faudrait encore remonter les couloirs où stagnaient des portions de nuit compacte. Les deux hommes pénétrèrent dans le corridor comme on se hasarde en terrain miné, le visage gris et les mains moites. Leur uniforme de familiers des cimetières ne les protégeait pas contre les maléfices de la maison. Ils étaient habitués à la mort, aux cadavres qu'on charrie comme des paquets, mais ici, c'était autre chose… Caine luttait contre la marée de peurs enfantines qui l'assaillait, l'angoisse des métis se faisait contagieuse. Ils arrivèrent au seuil de la salle funéraire. Paradoxalement, la vue du cercueil sur ses tréteaux parut rasséréner les croque-morts. L'objet faisait partie de leur environnement quotidien, c'était quelque chose de familier, de banal. Une forme connue, solide, et longuement manipulée… presque un outil de travail. Ils se précipitèrent fébrilement sur le coffre et le soulevèrent avec une aisance dénotant une longue habitude. Cette fois Caine n'eut pas besoin de leur montrer le chemin, en quelques minutes ils avaient traversé le labyrinthe des couloirs pour jaillir à l'air libre. La descente fut beaucoup plus délicate. Avec une malignité suspecte, le vent se leva au moment même où les employés s'engageaient dans l'escalier, portant le cercueil comme un brancard. Le souffle brutal les surprit, les faisant osciller au bord du vide. Caine sentit ses cheveux se dresser sur son crâne. Il crut que les deux hommes allaient basculer dans l'abîme, entraînant à leur suite le cercueil de Cazinsky. Par bonheur, celui qui venait en tête fit un pas de côté, rétablissant l'équilibre du groupe mais, dans le mouvement, le coffre mortuaire heurta la muraille rocheuse qui l'érafla sur toute sa longueur. Caine s'engagea à son tour dans l'escalier de pierre. Sous l'effet de la tension nerveuse, il ruisselait de sueur. Il jeta un dernier coup d'œil derrière lui pour tenter d'apercevoir Hoogleborn, mais le vieillard demeura invisible, introuvable. D'ailleurs Caine ne l'avait plus rencontré depuis l'épisode du coup de planche, et il ne savait pas si le vieux se cachait par peur d'éventuelles représailles, ou s'il cuvait simplement une cuite phénoménale dont il n'émergerait pas avant quarante-huit heures. Quoi qu'il en soit, il s'était déniché une tanière bien dissimulée.

Il leur fallut plus de vingt minutes pour descendre jusqu'à la plage. À plusieurs reprises le cercueil cogna la roche en sonnant lugubrement. Caine crispait les mâchoires à s'en faire mal. Il redoutait pardessus tout une fausse manœuvre qui propulserait le coffre dans le vide, le faisant éclater sur les récifs, libérant du même coup le cadavre en pleine putréfaction. Lorsqu'ils foulèrent le sable de la grève, son soulagement fut intense, et il dut lutter contre un fou rire nerveux né de la vision de ces croque-morts pieds nus qui officiaient, leurs chaussures pendues autour du cou comme des patins à glace. Il fallut ensuite ficeler la boîte pour l'empêcher de bouger sous l'action des vagues, et remettre la grosse barque à flot.

À présent le moteur crachotait et l'écume se déposait en festons blancs sur le couvercle du cercueil entravé. Cinglé par les éclaboussures, Caine s'efforçait de retrouver sa lucidité. Peu à peu les vagues se firent moins fortes et l'étrave de la grosse barque cessa de bondir de crête en crête. On approchait du port. Le romancier vit qu'un corbillard attendait sur le quai, étincelant sous le soleil. Les employés se rechaussèrent puis déroulèrent leurs pantalons. Ils manœuvrèrent ensuite de manière à pouvoir décharger le cercueil sur la rampe d'accès, pour l'heure encombrée de casiers et de nasses. Oswald les regardait opérer, de plus en plus gagné par un sentiment d'irréalité. Cet enterrement placé sous le signe du bizarre semblait tout droit sorti d'un rêve. Le débarquement du coffre fut assez difficile ; l'un des métis dérapa sur le quai gluant, et le cercueil glissa le long de la rampe de ciment comme un bateau qu'on pousse à flot, s'immergeant dans l'eau du port jusqu'au tiers de sa longueur. Le conducteur du corbillard accourut en jurant, s'accrocha aux poignées pour freiner la course de la boîte. Caine se hissa sur le môle. Les embruns avaient collé sa chemise et sa veste sur son torse. À présent l'humidité s'évaporait et il fumait au soleil à la manière d'un chiffon mouillé qu'écrase un fer à repasser brûlant.

Le cercueil dégoulinant fut enfin déposé à l'arrière du fourgon. Les employés grommelaient, furieux et humiliés. Peut-être voyaient-ils dans tous ces incidents une accumulation de présages sinistres ? Caine s'assit près du conducteur. Malgré les vitres ouvertes, la chaleur à l'intérieur du véhicule de cérémonie était insoutenable. Dans le rétroviseur, il aperçut les deux métis qui enfourchaient des vélomoteurs de couleur vive. Le convoi se mit en branle, traversa la ville déserte et blanche pour se lancer à l'assaut d'une éminence. Une allée gravillonnée menait à un petit cimetière aux murs immaculés qui paraissait sorti d'un magazine californien. Caine eut la surprise de découvrir qu'il était aux trois quarts vide. Probablement s'agissait-il du nouveau cimetière, celui qu'on avait construit en même temps que la ville, le cimetière des riches ?

Le corbillard s'immobilisa sous le porche. Aussitôt les vélomoteurs pétaradants le dépassèrent pour filer entre les tombes sur le lieu d'inhumation. Caine descendit, tout autour de lui les dalles et les stèles avaient été colonisées par de gros lézards ensommeillés, dont la gorge palpitait.

Súna ne s'était pas déplacée. Un homme maigre en costume noir « tropicalisé » se tenait au bord de l'excavation. La sueur perlait sur son crâne chauve, excitant les insectes. Pour repousser les mouches, il ne cessait de frictionner sa calvitie avec un mouchoir damassé plié en quatre. Il avait un mince porte-documents de cuir fauve sous le bras gauche.

– Oswald Caine ? s'enquit-il en faisant un pas vers le romancier. Je suis Maître Renato Costagon. Monsieur Cazinsky, votre ami, m'avait chargé de régler certains points administratifs. Excusez l'aspect précipité de ma démarche, mais je quitte définitivement San-Carmino au début de l'après-midi, et j'ai quelques documents à vous remettre. J'aimerais vous parler après la cérémonie…

Il était nerveux au point d'oublier les convenances. On le devinait pressé de se débarrasser d'une corvée désagréable qui l'avait arraché à son bureau climatisé. Caine acquiesça. Sans daigner l'attendre, les croque-morts avaient déjà descendu le cercueil dans la fosse. Cet enterrement sans prêtre leur semblait peut-être suspect ? Leur hâte trahissait le désir d'en finir au plus vite. La chaleur devenait véritablement insupportable. Caine esquissa un geste pour commander la première pelletée. La terre poudreuse, pleine de graviers, sonna sur le couvercle tandis qu'un nuage d'argile sèche montait de la fosse. Du coin de l'œil, le romancier chercha la silhouette du notaire, son ombre se cassait sur l'angle d'une pierre tombale. Elle avait fait fuir les lézards engourdis. Le tranchant des outils malmenait le tas de terre, provoquant l'envol d'un nuage poussiéreux qui se déposait sur l'étoffe des costumes en pellicule rougeâtre. À la dernière pelletée, Costagon s'avança, glissa un pourboire au conducteur du corbillard et saisit Caine par le coude.

– Ne restons pas là, murmura-t-il sur un ton de confidence, nous n'avons pas de chapeau et le soleil est dangereux à cette heure de la journée. Vouliez-vous que nous allions prendre un café glacé ?

Caine se laissa entraîner. Ils passèrent sous le porche, redescendirent l'allée dont les gravillons craquaient sous leurs semelles. Les buildings de San-Carmino leur masquaient l'océan. En levant les yeux, Caine nota que la plupart des fenêtres étaient dépourvues de stores ou de rideaux. Costagon suivit son regard et devina ses pensées.

– Des appartements vides, confirma-t-il en secouant la tête. C'est comme une hémorragie. Les gens s'en vont. Certains abandonnent meubles et vêtements pour fuir plus vite. Comme il n'y a plus de liaisons régulières, les avions-taxis gagnent une fortune en véhiculant les fuyards. Moi-même je ferme mon cabinet, je n'ai plus assez de clients.

– Mais la ville ? s'étonna Caine. Qu'est-ce qu'elle va devenir ?

Costagon eut une mimique d'impuissance.

– La jungle la bouffera en six mois, diagnostiqua-t-il, ce ne sera pas la première fois, vous savez ? Ça s'est passé de la même manière quand les Anglais ont commencé à acclimater l'hévéa en Asie. De nombreuses villes d'Amérique latine qui vivaient de l'exploitation du caoutchouc ont périclité en quelques mois et sont retournées à la forêt vierge. Les Indios resteront dans leurs bidonvilles, mais les singes quitteront leurs arbres pour coloniser les gratte-ciel ! Ils se partageront le casino avec les perroquets ! À moins que la milice de la mine n'en fasse une caserne de luxe ? Tout est possible. La forêt regorge d'épaves architecturales du même genre, vous avez bien sûr entendu parler de l'opéra de Manaus ?

Costagon traversa la rue. L'asphalte craquelé s'entrouvrait pour laisser passer de grandes touffes d'herbe caoutchouteuses d'une insolente vitalité. Caine savait que sous ces climats la végétation poussait en moyenne de dix centimètres par jour. Ils entrèrent dans le hall d'un hôtel désert, s'installèrent à l'une des tables du grill-room. Il faisait frais, mais la bâtisse semblait vide. Un petit cochon noir égaré déambulait entre les colonnes *design*, le groin au ras de la moquette. Le notaire s'épongea le visage. Caine remarqua qu'un lichen verdâtre s'était lancé à l'assaut des baies vitrées. Personne ne se dérangea pour venir prendre leur commande, peut-être la bâtisse appartenait-elle tout entière au cochon noir ?

– Quelques-uns s'accrochent encore, soliloqua Costagon. Ils espèrent que la milice de Parduras reprendra les choses en main, et qu'elle arrêtera enfin cette Miss O et son gang, mais à mon avis ils se leurrent. Personne ne connaît son visage. En attendant, il ne se passe pas une semaine sans qu'un membre de la milice se fasse assassiner. Et toujours dans des conditions atroces. Il y a trois jours, on a retrouvé un sergent de la mine, complètement nu, attaché avec du fil de fer barbelé à un arbre. Les bêtes féroces lui avaient dévoré les parties génitales et toute la chair des cuisses… Et cela n'avait pas suffi à le tuer. On l'a évacué par hélicoptère, il est paraît-il toujours dans le coma. La semaine précédente, c'était un capitaine, on l'avait empalé par l'anus sur une tige de renfort sortant d'un bloc de béton armé.

Il soupira, fit coulisser la fermeture à glissière de son mince porte-documents et en tira une liasse de papiers d'allure officielle.

– Avant toute chose, je tiens à préciser qu'il ne s'agit nullement d'un héritage, commença-t-il en adoptant un ton professionnel. Monsieur Cazinsky ne s'était pas fait naturaliser, comme on l'a prétendu à une époque. Il n'avait pas, non plus, acheté l'île de Casamuerta. En fait, il était ruiné. Complètement. Ses frais de recherches, les voyages, l'entretien de ses collaborateurs ont rapidement eu raison de son pécule. Je crois qu'il avait vendu tous ses biens aux États-Unis. Je lui ai dit que c'était une erreur, mais il s'obstinait. Il a laissé en dépôt assez d'argent pour couvrir mes derniers honoraires, et une note très brève par laquelle il fait de vous son exécuteur testamentaire et vous demande de ramener dans votre pays l'essentiel des travaux effectués sur l'île de Casamuerta. À charge pour vous de leur donner une forme publiable car il est possible que ses éditeurs souhaitent en tirer une synthèse susceptible de donner naissance à un ouvrage historique de grande diffusion. Vous disposerez toutefois d'assez peu de temps pour rassembler ces documents car l'île de Casamuerta a été vendue immédiatement après la mort de notre ami…

Caine sursauta, le sang s'était brusquement retiré de son visage.

– *Vendue ?* haleta-t-il.

– Oui, expliqua le notaire. Le véritable propriétaire de l'île, un lointain parent d'Arturo Aguilados y Portozas, souhaitait depuis longtemps s'en défaire. L'expansion de Carmino lui semblait propice à cette transaction, malheureusement les événements que vous connaissez ont anéanti ses espérances. Il a donc dû se contenter de louer l'île à Monsieur Cazinsky pour toute la durée de ses travaux. Le montant de ce loyer était d'ailleurs assez élevé. Ce n'est que tout récemment que l'administration de la mine lui a fait une offre. Ils sont disposés à acheter le piton rocheux pour y installer une balise de surveillance, à ce que j'ai pu comprendre. Il est dans leurs intentions de raser la maison pour la remplacer par une piste d'atterrissage d'hélicoptères. Mon client a donc profité du décès de votre ami pour vendre les lieux aux autorités contrôlant l'exploitation minière. Je vous signale en passant que Cazinsky n'était plus en mesure de régler le loyer depuis plusieurs mois déjà, et qu'on ne tolérait encore sa présence que parce qu'il était très malade.

– Ils vont raser le bunker ? bégaya Caine. Mais quand ?

– Dans une semaine exactement, cela vous laisse le temps d'emballer et de transférer les documents qui vous intéressent. Passé ce délai, le périmètre de l'île passera sous le contrôle des services de sécurité de la mine. Il ne sera plus question de s'en approcher. Le chantier démarrera aussitôt. Il ne leur faudra pas longtemps pour démanteler cette vieille bicoque. Si vous avez besoin de documents photographiques, il faut y penser dès maintenant. Dans sept jours, il ne restera plus rien du bunker. Peut-être votre ouvrage y gagnera-t-il en valeur, du reste ?

Caine avala sa salive, atterré. C'était catastrophique.

– Mais Hoogleborn, le gardien ? hasarda-t-il. Vous l'avez mis au courant ?

Costagon haussa les épaules.

– Non, la situation de cet homme n'est pas régulière. Il n'a aucune existence légale, donc aucun droit. Je suppose que mon client lui donnera un petit pécule en guise de prime de licenciement. Ce n'est après tout qu'un vagabond. On l'a toléré, pas engagé. C'est un inutile. Casamuerta n'avait pas besoin de gardien, il n'y a jamais rien eu à voler dans ce tas de ruines.

Il marqua un temps d'hésitation, puis reprit, sur le ton du complot :

– Je comprends votre surprise et votre indignation, vous êtes un chercheur, un homme de plume. Dans votre pays, on protège les lieux historiques ; mais ici, à San-Carmino, personne ne versera une larme lorsque cette bâtisse volera en éclats. Personne. L'île de Casamuerta est pleine de mauvais souvenirs, de *très* mauvais souvenirs. C'est une sorte de monument honteux. Je ne vois pas pourquoi on le préserverait, mais cela dit, je respecte votre intérêt scientifique. Si vous avez besoin d'un bon photographe, allez voir Miguel Verdugo dans la *Calle Central*, il est là pour quelque temps encore. Son travail est excellent, j'ai eu souvent recours à lui pour des constats.

– À quelle date dois-je vider les lieux ? interrogea Caine.

– Le treize septembre à midi, mais je vous conseille de ne pas attendre si longtemps. Les gardes de la mine pourraient être tentés de vous expulser. Ce sont des gens très violents qui risquent de ne pas très bien comprendre ce que vous faites à Casamuerta. Ils ont tendance à voir des terroristes partout, je ne voudrais pas qu'ils vous malmènent. Mettez-vous au travail sans plus tarder et partez dans cinq jours. Après, nous entrerons vraiment dans la saison des pluies, c'est une période difficile pour un étranger. Tenez, j'ai encore ceci à vous remettre…

Il fouilla dans sa sacoche, en tira une longue enveloppe de papier brun.

– Vos instructions, précisa-t-il, et un… souvenir que monsieur Cazinsky tenait à vous faire parvenir en remerciement de votre zèle.

Caine souleva le rabat du sachet. Un petit livre relié en cuir rouge occupait presque tout l'espace. Guère plus épais qu'une plaquette de poèmes, c'était une édition bilingue anglais-espagnol de *Légendes et fables du Haut Maramarangua*, un travail de compilation folklorique sans grand souci de style. Sur la page de garde tachée d'humidité, Cazinsky avait écrit d'un mouvement de plume aigu :

Pour Oswald Caine, disciple et ami, en remerciement de ses efforts, méritoires certes, mais pas toujours couronnés de succès. Son vieux professeur. « BUG » Cazinsky.

Caine connut une seconde d'incompréhension. Il n'avait jamais été le disciple de Cazinsky, encore moins son ami. Cet épanchement ne ressemblait guère à l'intellectuel méprisant et autoritaire dont il gardait le souvenir. L'universitaire, sentant sa fin prochaine, avait-il effectué un brutal retour sur lui-même ? *Ou bien y avait-il autre chose ?* Il ferma la plaquette. L'enveloppe contenait encore une feuille dactylographiée indiquant le plan de l'ouvrage consacré à Arturo Aguilados, et les références des documents essentiels qui devaient l'accompagner. Costagon se levait déjà.

– Le double de ces papiers a été expédié à Los Angeles, précisa-t-il en refermant sa serviette. Sauf en ce qui concerne le livre de fables, bien sûr… Ce n'est pas un ouvrage de valeur, c'est le genre de brochures qu'on offrait aux enfants il y a trente ans. Il me semble que je l'ai lu quand j'étais gosse.

Il repoussa sa chaise, cala le porte-documents sous son aisselle.

– Excusez-moi, conclut-il, mais j'ai encore deux ou trois choses à régler avant mon départ. Heureux de vous avoir rencontré.

Sans même tendre la main, il battit en retraite. Caine le regarda s'enfuir. Derrière lui, le petit cochon noir compissait la moquette du hall. Le cerveau du romancier tournait à vide. De tout cet entretien ne surnageait qu'un cri d'alarme : *la maison était condamnée*… Cela signifiait en clair qu'il ne lui restait qu'une semaine pour trouver le trésor que Cazinsky n'avait pu découvrir en trois ans. Passé ce délai, la dynamite réduirait le bunker et son secret en poussière… Caine rassembla les papiers dans l'enveloppe, glissa celle-ci entre les pages du livre qu'il tenait à la main et traversa le hall désert. Le cochon sauvage s'enfuit à son approche. Dehors, il retrouva l'avenue avec sa perspective de cité fantôme. Un singe curieux s'était enfermé dans une cabine téléphonique et n'arrivait plus à en sortir. Fou de colère, il montrait les dents et mordait le combiné dont il avait entortillé le fil autour de son cou. Caine pressa le pas pour s'engager sous les arcades de la galerie commerçante. La plupart des boutiques n'étaient plus que des cubes vitrés poussiéreux, dépourvus de la moindre marchandise. Il allait bifurquer vers le port quand quelqu'un frappa sur du verre, tout près de lui. Il se retourna et reconnut Angela Potrezzo, la brune au grain de beauté en compagnie de laquelle il avait subi la fouille de l'autocar le soir de son arrivée. Elle se tenait debout dans la vitrine d'une échoppe obscure. Le bras levé, elle tapait de l'ongle contre le verre pour attirer l'attention. Il hésita, poussa la porte. Le magasin était encombré de cartons mal ficelés qui débordaient d'une lingerie soyeuse et sûrement très chère. Des cintres nus pendaient au long des tringles. Une cabine d'essayage occupait le fond de la pièce. C'est dans le miroir de cette guérite que Caine aperçut l'Indien qui le surveillait de l'autre côté du trottoir. Une sorte de géant de brique, musculeux, vêtu d'une chemise militaire et d'un jean blanchi d'usure. Sans savoir pourquoi, il fut certain que l'homme le suivait depuis la sortie du cimetière.

– Vous n'êtes pas encore parti ? lança Angela d'une voix haletante. Mon Dieu ! ça me fait plaisir de vous voir. Je deviens folle dans cette ville fantôme ! Entrez donc, je me fais l'effet d'une putain dans sa vitrine…

Caine obéit, mais à peine avait-il franchi le seuil que l'haleine de la jeune femme le frappa de plein fouet. Elle empestait l'alcool. Il n'eut d'ailleurs aucun mal à localiser la bouteille de *tequila* en équilibre sur le dessus de la caisse enregistreuse couverte de poussière. À côté, on avait posé une coupelle emplie de sel fin et un verre ballon.

– C'est affreux, continua Angela d'une voix haut perchée, je n'ai trouvé personne pour assurer le transport de mon stock. Tout mon capital est bloqué ici. Il me faudrait louer un avion mais c'est terriblement cher. La fille avec qui j'étais associée a fichu le camp en abandonnant la boutique. Je me demande si elle n'a pas eu raison.

Caine grogna un vague assentiment. De toute manière, Angela se souciait peu de son avis. Elle ne cherchait qu'à parler pour s'étourdir et meubler sa peur. Sur le trottoir d'en face, le colosse à peau rouge n'avait pas bougé. Ses cheveux noirs, huileux, tombaient sur ses épaules. Il ne faisait aucun effort pour se dissimuler. Ses yeux bridés sondaient le cube obscur de la boutique sans ciller.

Caine recula, heurta Angela qui se versait un autre verre en pérorant d'un ton suraigu. Il faisait très chaud dans le magasin et de grandes taches de sueur s'épanouissaient sur la robe de la jeune femme soulignant ses seins et ses aisselles.

– Tenez, insista-t-elle avec un rictus, buvez dans mon verre. Si la peur est un microbe, l'alcool le tuera !

Caine s'exécuta à contrecœur. Lorsqu'il voulut reprendre son observation, le trottoir était vide. L'Indien aux proportions d'hercule de foire avait disparu… Il se demanda si – comme Cazinsky – il ne sombrait pas dans la paranoïa.

– Venez, bégaya Angela en le tirant par la main, je vais vous faire visiter l'arrière-boutique.

Elle se déplaçait en titubant, aux frontières de l'ivresse ; il était visible qu'elle avait commencé à boire dès le réveil. Elle fit brusquement volte-face et ses seins mous heurtèrent la poitrine de Caine.

– Vous savez que j'ai vu Parduras ? haleta-t-elle, l'air hagard. Parduras, le Nabot ! Il est passé en voiture devant la boutique. C'est vraiment un nain. Il se déplace dans une limousine blindée précédée d'une automitrailleuse. Il a une maison fortifiée sur la falaise, et un yacht dans le port. Un yacht blanc bourré de miliciens. C'est à cause de lui et de Miss O que Carmino se meurt. Ce sont les deux têtes du même monstre !

Elle devenait hystérique. Caine amorça un pas en arrière, mais Angela le saisit aux revers.

– Non ! Non ! hoqueta-t-elle, ne partez pas ! Je ne veux pas rester seule, il n'y a plus personne ici, les restaurants sont vides. Vous avez vu tous ces vieux dans les rues ? Des vieux, toujours des vieux… On ne voit plus qu'eux, ils sont partout ! J'ai l'impression d'habiter un hospice !

Elle parlait si vite que son espagnol devenait incompréhensible. Brusquement, elle fit sauter les boutons de sa robe et entraîna Caine vers la cabine d'essayage. Elle l'embrassa précipitamment. Sa bouche empestait l'alcool. Soudain, alors qu'elle baissait son slip à mi-cuisses, un coup violent ébranla la vitrine. Caine fit un bond en arrière, écarta le rideau. Un singe, assis sur le trottoir, écrasait sa face velue contre la devanture de la boutique. Les poings levés, il tambourinait sur la vitre en claquant des mâchoires. Lorsqu'elle l'aperçut, Angela Potrezzo poussa un hurlement de frayeur. Caine ne put en supporter davantage. Repoussant la pocharde, il marcha vers la sortie et tira le battant. Le singe s'enfuit à son approche, traversa la rue en diagonale pour se réfugier au sommet d'une cabine téléphonique. Sans lui accorder un regard, le romancier prit le chemin du port.

Il lui fallait encore acheter des vivres et louer les services d'un pêcheur pour qu'on le dépose sur l'île puisqu'il était venu avec le canot à moteur des pompes funèbres, et qu'il avait sottement supposé que les croque-morts le raccompagneraient chez lui au terme de la cérémonie. Il se maudit de n'avoir pas pensé, dans son trouble, à accrocher son youyou à la poupe de l'embarcation-corbillard ; maintenant il allait devoir traîner dans les *cantinas* à la recherche d'un passeur, et cette perspective n'avait rien de réjouissant. Il accéléra, le goudron collait à ses semelles comme pour l'empêcher de quitter la ville. Fallait-il y voir un quelconque présage ?

6

Caine luttait pour s'extraire du sommeil. Il repoussa le cocon chiffonné du sac de couchage dans lequel il avait beaucoup transpiré. Le jour fusait au travers des meurtrières entrebâillées sur la fournaise du dehors, traçant des diagonales de feu dans la pénombre de la salle de travail.

Il s'assit, le corps poisseux, uniquement vêtu d'un slip que distendait l'érection matinale. Il se sentait aussi fatigué que la veille, et la vue du café en poudre caramélisé au fond de la casserole à tout faire lui donna la nausée. Le climat de déliquescence pesant sur la cité fantôme, l'atmosphère moite, tout contribuait à vous faire lentement glisser dans cet état d'apathie maussade que les Brésiliens désignent sous le terme de *saudade*. Il se leva, tituba jusqu'à la table surchargée de dossiers. Il avait travaillé très tard dans la nuit, épluchant les comptes rendus, les brouillons de chapitres, tandis que les moustiques s'acharnaient sur sa nuque et ses épaules. Il n'avait rien trouvé d'utilisable. Aucun signe, aucune piste…

Lorsqu'il était revenu sur l'île, il avait été accueilli par un Hoogleborn souriant qui semblait ne garder aucun souvenir de l'affrontement les ayant opposés. Jouait-il la comédie… ou bien la bataille au cours de laquelle il avait failli fendre le crâne du romancier à coup de planche s'était-elle déjà effacée de son esprit ? Caine était incapable de se faire une opinion. Il n'ignorait pas que la sénilité affligeait certains vieillards d'amnésie partielle. Il avait choisi de se comporter comme si de rien n'était, sans écarter la possibilité que le concierge lui jouât la comédie, pour le seul plaisir de se payer sa tête. Hoogleborn était assez vicieux pour recourir à un stratagème de ce genre, et ce flou mettait Caine mal à l'aise. « Le pire, songeait-il, c'est que s'il est vraiment malade, il a peut-être assassiné Cazinsky mais ne s'en souvient même pas ! »

Il dut faire un effort pour retrouver sa lucidité. Aujourd'hui il lui fallait rayer un jour supplémentaire sur le calendrier, symboliser par un nouveau trait de crayon l'agonie de la bâtisse. Il consulta sa montre, s'étonna qu'il fût déjà midi. Dans le ventre bétonné de la maison, on perdait la notion du temps. Il pêcha mécaniquement un nouveau dossier jauni par l'humidité en songeant « Plus que six jours… six jours ! » Dès qu'il toucha les feuillets, des scolopendres se déplaçant sur un fouillis de pattes minuscules s'en échappèrent.

La première page tournée, il découvrit une photo de Súna, format 18 × 24. C'était une épreuve en noir et blanc, visiblement prise au téléobjectif, et qui montrait la jeune femme en combinaison de plongée, debout au bord d'un débarcadère. Elle ruisselait et courbait légèrement le dos sous le poids des grosses bouteilles d'air comprimé. Le cliché avait été pris à son insu et d'assez loin, comme le prouvait le flou des objets l'entourant. Quelques pages dactylographiées accompagnaient la photographie. Elles émanaient d'une agence d'enquêtes privées et dataient de trois ans. Il y avait un curriculum vitæ suivi d'une enquête de voisinage, comme en réclament souvent les employeurs. Tout y était recensé : le milieu familial, les études, les fréquentations.

Née dans une famille très modeste du nord du pays, Súna avait décroché ses diplômes à coups de bourses et de boulots minables. Elle avait ensuite été enseignante puis archiviste dans un petit quotidien de gauche. Après un bref passage dans le service de documentation d'une compagnie pétrolière, elle avait brusquement rompu avec son passé universitaire. On la retrouvait alors monitrice de plongée dans un club nautique. Elle disparaissait ensuite durant deux ans et refaisait surface au Maramarangua. Le rapport faisait état de relations de concubinage avec un certain Nuco Centavo, un ancien militaire gérant une petite compagnie d'hélicoptères. L'affaire avait capoté au bout d'un an à cause de la vétusté des appareils, d'antiques Hueys datant de la guerre du Vietnam. Après quelques mois d'errance, le couple s'était installé à San-Carmino, où Nuco Centavo avait une nouvelle fois tenté de mettre sur pied un service de liaison héliporté au moyen d'un vieux Sikorsky acheté aux surplus militaires. L'opération s'était soldée par un échec. Súna avait alors ouvert un élevage de chiens de luxe sur les hauteurs de la ville, mais une épizootie canine avait ruiné ses espérances. À ce moment précis, elle avait quitté Nuco pour donner des leçons de plongée sous-marine sur la grande plage de Carmino. C'était là, sans aucun doute, que Cazinsky l'avait rencontrée. Caine feuilleta les pages agrafées en annexe. La liste des travaux universitaires publiés par la jeune femme avait quelque chose d'impressionnant. On comprenait aisément pourquoi Cazinsky avait désiré s'attacher ses services. Un second rapport était consacré au dénommé Nuco Centavo, ses origines restaient mal connues, mais on le pensait issu d'une tribu indienne que l'urbanisation avait conduite à se clochardiser. Il s'était engagé dans l'armée à dix-huit ans. On le décrivait comme un soldat taciturne et solitaire peu enclin à la camaraderie. Tout le monde s'entendait pour le déclarer excellent pilote. Après sa rupture avec Súna, il s'était fait embaucher à la mine de San-Carmino, non pas en tant que surveillant comme le lui aurait facilement permis son passé militaire, mais bel et bien comme simple travailleur de fond. Il avait donc vécu prisonnier de Pitsacoa une année entière, rivé à un marteau pneumatique ou à une haveuse au milieu des Indiens du littoral qui constituaient la main-d'œuvre de l'exploitation. Son contrat rempli, il avait acheté une camionnette et se livrait depuis au commerce des fourmis grillées, friandise fort appréciée en Amérique latine. Une photo 13 × 18 illustrait le document, et Caine tressaillit en identifiant le colosse à peau rouge qui l'avait suivi jusqu'à la boutique d'Angela Potrezzo. Cette découverte le laissa interdit. Cazinsky avait-il eu recours aux services de l'ancien pilote pour effectuer des repérages en mer… *ou bien comptait-il l'utiliser pour transporter quelque chose de volumineux qui ne pouvait guère transiter par la voie normale ?* Quoi qu'il en soit, la présence de Nuco Centavo dessinait un point d'interrogation supplémentaire au tableau noir de l'énigme de Casamuerta.

Caine repoussa les papiers, la tête bourdonnante. Malgré l'épaisseur des parois, la chaleur montait impitoyablement et la sueur ruisselait sur son torse. Il avait la sensation de piétiner dans la vase. Il tendit la main vers le goulot d'une bouteille de bière et saisit un autre dossier. Cette fois il s'agissait de notes de frais établies par Súna pour la location d'un important matériel de plongée. Il y avait aussi des billets d'avion, des séjours à la capitale pour interviewer d'anciens notables de Carmino, contemporains de Herr Von, et qui avaient âprement monnayé leur collaboration. Ces expéditions avaient coûté une fortune et n'avaient produit que des informations inconsistantes, des bavardages de vieillards avides de cracher leur fiel. Caine soupira, il avait connu les mêmes déboires en Allemagne, lorsque Cazinsky l'avait supplié d'aller recenser tous les officiers d'état-major avec lesquels Arturo Aguilados avait jadis été en relation à un moment ou à un autre de sa courte vie. La plupart étaient morts, et leurs papiers personnels éparpillés ou détruits lors de la défaite. Il avait dû parfois assiéger des mois durant leurs fils ou leurs filles en les priant de le laisser consulter les rares documents encore en leur possession. Souvent on l'avait chassé comme un malpropre, et à trois reprises il avait eu des démêlés avec la police. On avait peur de lui. Un nazi octogénaire l'avait même accusé de faire partie de l'une de ces brigades de vengeurs juifs toujours soucieux de punir les anciens criminels de guerre, et, peu de temps après, il avait échappé de justesse à un curieux accident de la circulation.

La température ne cessait de grimper. Les coulées de lumière fusant des meurtrières étaient autant de chalumeaux fouaillant le ventre de la bâtisse. Caine jura, il ne trouverait rien, il le pressentait. Cazinsky avait soigneusement expurgé ses notes, fait le ménage avec un soin maniaque. Cazinsky ? Oui… ou peut-être Hoogleborn.

Sans doute aurait-il fallu torturer le concierge mythomane pour lui arracher la vérité ? Le vieillard, physiquement usé, n'aurait sans doute pas résisté à un interrogatoire un peu poussé, mais Caine se sentait incapable de jouer correctement les bourreaux, même sur la personne d'une canaille comme Hoogleborn. Il n'avait jamais été très fort à ce petit jeu.

Les mots de Súna dansèrent dans sa mémoire :

« Attention, méfie-toi ! C'est sûrement Hoogleborn qui a empoisonné Cazinsky. C'est un fou mystique. Il se croit la sentinelle du nid d'aigle. *Ne lui tourne jamais le dos…* »

Croyait-elle vraiment à ce qu'elle disait ? Était-il d'ores et déjà en danger ? Mal à l'aise, il se redressa, passa son pantalon et tira de la poche intérieure de sa veste la mince plaquette dédicacée des *Légendes et fables du Haut Maramarangua.* Peut-être était-ce là le seul indice, l'unique message que Hoogleborn n'avait pas été en mesure d'effacer ? Encore fallait-il le décrypter ! Caine s'immobilisa dans le rai de lumière, feuilletant la brochure. La veille au soir, il avait lu mot à mot la demi-douzaine de contes naïfs que contenait le recueil sans parvenir à y découvrir un sens caché. L'un d'eux, intitulé *La Morsure de l'iguane*, avait été coché d'une croix au feutre rouge. Caine l'étudia encore une fois, mais la narration n'éveilla aucun écho en lui.

C'était l'histoire de Cachapango, le roi du soleil.

Cachapango vivait dans le soleil, au milieu de petits mondes peuplés de milliers de petits êtres. Pour alimenter le brasier, il brûlait les étoiles, comme un conducteur de locomotive enfourne du charbon dans le ventre de sa machine. Les étoiles étaient le charbon qui permettait de chauffer l'univers. Toutes les étoiles, même celles connues sous l'appellation d'étoiles filantes. Car les étoiles filantes, bien qu'on ne le sache pas toujours, sont de grands iguanes qui se déplacent avec une extrême vélocité. Cachapango voulait capturer une étoile filante pour alimenter le soleil. Il pensait que la flamme en serait plus vive. Mais il se fit mordre par le reptile… à la cheville. Ce n'était pas une morsure très sérieuse, juste une cicatrice longue comme le doigt, et il n'y pensa plus.

Un beau matin, Cachapango se leva et se rendit compte que la cicatrice s'était déplacée. Elle avait atteint la hanche. Il comprit alors que les morsures d'iguanes célestes se déplacent aussi rapidement que les comètes. Pendant les jours qui suivirent, la cicatrice se déplaça sans cesse, elle était tantôt sur la cuisse tantôt sur le ventre, et Cachapango comprit que lorsqu'elle atteindrait le cœur il mourrait. À partir de ce moment il se mit à guetter la cicatrice, à la traquer. Quand elle fut sur son poignet gauche, il arracha une lanière de cuir de son pagne et se fit un garrot très serré à la saignée du bras. La cicatrice était désormais prisonnière, elle ne pouvait plus passer. Cachapango crut qu'il avait gagné, mais il déchanta vite. Son bras se mit à pourrir. La gangrène bien sûr, la gangrène due au garrot. Il comprit qu'il fallait empêcher l'infection de gagner, et de sa main droite, avec une hache, il se trancha le bras gauche. Cachapango ne se remit pas trop mal de l'opération, mais une mauvaise surprise l'attendait. En effet, il ne devait pas tarder à réaliser que la cicatrice née de la morsure de l'iguane avait glissé du bras tranché pour s'incruster à la surface du soleil, menaçant de le faire éclater comme une calebasse de terre fêlée. Alors Cachapango pensa aux milliers de petits êtres sur leurs milliers de petits mondes qui vivaient de la chaleur du soleil. Il ne pouvait pas les laisser mourir dans un univers voué aux ténèbres, au froid glacial. Et il appliqua sa main droite sur la cicatrice, jusqu'à ce qu'elle quitte la surface de l'astre et s'enroule à nouveau autour de son épaule…

Voilà, c'était tout. Caine haussa les épaules, découragé. La veille, il avait effectué un relevé de tous les mots figurant dans la version indienne pour tenter de les reporter sur une carte d'état-major. Il avait évidemment pensé que les bribes de dialecte hayacamara qui émaillaient la narration espagnole pouvaient correspondre à des indications topographiques, mais il n'avait rien découvert. Le nom de Cachapango ne figurait nulle part. Quant au vocable *Zatchua tepan*, qui semblait signifier *la morsure de l'iguane*, il n'avait jamais été employé pour désigner un point quelconque du relief. La fable n'avait rien d'un plan maquillé, comme il l'avait cru tout d'abord. Le message posthume de Cazinsky restait incompréhensible. La trop grande prudence dont s'était entouré l'universitaire le rendait sibyllin, inutilisable. Caine se rongea l'ongle du pouce jusqu'au sang. Sa chasse au trésor ne s'appuyait sur rien de concret, c'était une course à tâtons, les yeux bandés, au milieu du brouillard. Il était victime d'un mirage comme Cazinsky l'avait été avant lui... La maison sécrétait un puissant venin d'idées fixes, et elle ne cachait probablement aucun trésor, aucun mystère, juste une légende entretenue par Hoogleborn pour se donner une illusion d'existence. Fallait-il vraiment s'obstiner ?

Pendant une seconde il fut sur le point d'abandonner, puis il se souvint que Súna avait vu et touché l'épave du sous-marin escorteur. Il y avait là quelque chose de tangible, d'irréfutable : cinquante ans plus tôt, des canots étaient venus de la nuit pour déposer de mystérieuses caisses sur le rivage de l'île. Ces caisses (combien y en avait-il ?), Herr Von les avait ensuite dissimulées dans son repaire. Dans le ventre de la maison peut-être, ou à l'intérieur du piton rocheux supportant le bunker ? Oui, c'était cela ! Quelque part dans l'épaisseur des pierres ou des roches se cachait une chambre secrète où s'entassaient les conteneurs venus d'Europe. Les caisses dormaient là. Que renfermaient-elles ? Un butin de pillage. Des lingots d'or volés aux banques des pays occupés, des tableaux, des statues réquisitionnés dans les musées. Une fortune qu'on avait choisi d'exiler loin des champs de bataille… *et que personne n'était jamais venu récupérer !* Voilà la conclusion à laquelle avait logiquement abouti Cazinsky ! À force de confronter les enquêtes, d'assembler les pièces du puzzle, il avait fini par comprendre que le trésor était toujours enfoui sur l'île de Casamuerta parce que son propriétaire avait trouvé la mort dans les derniers mois de la guerre, et parce que Herr Von lui-même n'avait pas survécu à la chute de l'empire nazi… Oui, le butin était là, en monnaies d'or internationales, en pierres précieuses extorquées aux plus grands joailliers de l'époque. Un trésor peut-être plus important que celui que les travailleurs indiens s'efforçaient de gratter dans le sous-sol de la mine de Pitsacoa.

Caine haletait. Le coin d'ombre où il avait trouvé refuge rétrécissait de minute en minute comme pour lui reprocher sa passivité. Il fallait qu'il surmonte sa torpeur, qu'il viole la maison, qu'il l'éventre pour lui arracher le secret qu'elle cachait dans ses profondeurs bétonnées… Il fallait…

Il se redressa, traversa la terrasse en diagonale pour retrouver l'escalier menant à la salle de travail. Après tant de lumière il eut l'impression de plonger dans un trou d'encre.

⁂

Le marteau frappait la paroi, explorant centimètre par centimètre la surface du mur mangé par la moisissure et les coulées d'humidité. Malgré la crampe qui lui sciait la nuque et les épaules, Caine poursuivait inlassablement son lent travail d'exploration. La tête de fer heurtait la cloison, décalquant sa marque carrée sur la peinture gonflée de cloques. C'était une besogne titanesque et parfaitement mécanique. Caine savait que la surface représentée par l'addition de tous les murs de toutes les pièces équivalait à plusieurs kilomètres carrés, et qu'il ne disposait que de six jours pour ausculter ce territoire. Dans quelque temps son oreille s'hypnotiserait sur le bruit mat et régulier du marteau. L'outil prendrait l'allure d'un métronome, la mélopée du sondage celui d'une berceuse sournoise. Pour l'heure il ne voyait que la géographie du plâtre moisi, le planisphère de salpêtre décalquant ses continents de fantaisie sur toute la longueur du mur de refend. Le son du maillet ne variait pas, c'était toujours le même bruit sourd, compact, désespérant. Un bruit solide, sans écho, sans espoir.

Au fil du temps, Caine se prenait à rêver de cloches, de tambours, de casseroles emboutissant des marmites, de pluies de billes de fer sur des capots de voitures. Il aurait voulu que le maillet se mette soudain à chanter comme une cymbale... Mais les heures passaient, rythmées par le trottinement lancinant et étouffé de la tête de fer maintenant blanchie de plâtre.

⁂

Il mit six heures pour sonder la superficie totale de la salle de travail. C'est le plafond qui lui donna le plus de mal. En l'absence de toute échelle, il dut improviser un échafaudage à l'aide de la table et du tabouret. Chaque fois qu'il voulait progresser dans son exploration, il lui fallait descendre, déplacer la table de bois blanc d'environ un mètre et retourner au sommet de l'escabeau branlant. Cette gymnastique incessante lui alluma rapidement des crampes dans les cuisses et les mollets. De plus, le sang qui circulait mal dans ses bras levés lui faisait les mains glacées et les doigts gourds. Alors qu'il explorait le dernier carré, un étourdissement le jeta sur le sol. Le matelas de paperasse accumulée par Cazinsky amortit sa chute, mais il resta quelques minutes vautré au milieu des feuillets éparpillés, sonné. Lorsqu'il s'attaqua au plancher, les rainures des lattes creusèrent très vite des sillons douloureux dans la chair de ses genoux et il dut serrer les dents tout le temps qu'il se déplaça à quatre pattes. Les coups de marteau couraient le long de ses os pour s'additionner dans son crâne. N'en pouvant plus, il se laissa tomber à plat ventre, perclus de douleurs et de crampes. En faisant jouer ses vertèbres cervicales raidies, il vit que l'Indienne abandonnée sur l'île s'était installée sur le lit de camp et l'observait avec curiosité, cherchant le sens des gesticulations auxquelles se livrait l'homme blanc. S'agissait-il d'un rite religieux ? d'une danse ? Caine lui adressa un vague signe de la main et posa son front sur ses bras croisés. Un disque grésillait quelque part dans les tréfonds de la bâtisse, dispensant une fois de plus des bouffées de musique militaire. Le romancier était abruti de fatigue. La migraine lui sciait la tête en deux à la hauteur des sourcils. Il lui aurait fallu manger, mais il n'en avait ni le courage ni l'envie. Il tendit le bras, saisit le col de la bouteille de *tequila* posée sur le sol et avala trois gorgées d'alcool. Couvert de sueur, il ne sentit même pas qu'il basculait dans lc sommeil.

Lorsqu'il reprit conscience en suffoquant, la pièce était plongée dans les ténèbres. Il faisait nuit. Pour combattre la douleur des crampes qui nouaient ses muscles dorsaux, il but encore un peu et se rendormit aussitôt. À l'aube, il fut réveillé par un bruit d'eau. C'était l'Indienne. Accroupie dans l'un des coins de la salle, elle urinait sur les dossiers de Cazinsky.

⁂

Après avoir rayé un nouveau jour sur le calendrier, Caine s'attaqua à la pièce contiguë. « Je suis en train de vider la mer avec une tasse à thé », songea-t-il en se hissant sur son échafaudage de fortune, mais que pouvait-il faire d'autre ?

Il travailla plus lentement que la veille, et lorsqu'il se laissa tomber sur le sol, à midi, il n'avait sondé que la moitié de la seconde, pièce.

Cette nuit-là, il ne ferma presque pas l'œil, car l'idée lui était soudainement venue que Hoogleborn pourrait bien ne pas apprécier cette auscultation générale de la maison morte et se trouver tenté d'y mettre un terme… d'une façon ou d'une autre.

L'aube le surprit, les muscles alourdis par la fatigue de l'insomnie. Après avoir bu quelques tasses de café, il reprit ses travaux d'exploration. Au début de l'après-midi il s'attaqua à une petite pièce dans le couloir (peut-être un ancien bureau ?), mais ses coups de maillet étaient désormais plus timides et il lui arrivait fréquemment de tourner la tête pour regarder par-dessus son épaule.

À cinq heures, il reçut comme une décharge électrique dans le bras droit. La tête du marteau venait de faire naître un son creux ! Ses pulsations cardiaques montèrent à cent quatre-vingts et la sueur lui inonda le visage. L'écho provenait d'un pan de mur encore recouvert de tapisserie. Chaque choc se changeait en vibration caverneuse, comme si on frappait sur la porte d'un casier de consigne automatique.

Plissant les paupières, il finit par distinguer la découpe d'un panneau au travers des rayures de la tapisserie. Une fine rainure empoussiérée qui dessinait un carré de cinquante centimètres de côté. Les paumes moites, il tâtonna, cherchant le mécanisme d'ouverture. Une chanson stupide dansait dans sa tête : « Tu as réussi ! Tu as réussi ! » Il s'énervait, tremblait. De la bave coulait sur son menton. Enfin, sans qu'il ait réellement compris ce qui arrivait, le panneau pivota sur son axe, dévoilant une cavité envahie par la moisissure. Une valise de cuir occupait tout l'espace. Une valise démodée dont les parties métalliques avaient été dévorées par la rouille. Il s'en empara, se griffant les bras aux aspérités du logement. Il la posa sur le sol. Le couvercle ne fit aucune difficulté pour s'ouvrir. *À l'intérieur…*

À l'intérieur il n'y avait qu'une pile d'échantillons de tissus et des morceaux de papiers qui semblaient être des patrons de couture…

Un dossier renfermait des aquarelles jaunies représentant des modèles d'uniformes pour simples soldats et officiers. Certaines de ces planches étaient annotées de la main même d'Arturo Aguilados. Caine étouffa un grognement de désespoir. Les carrés d'étoffe étaient poisseux sous ses doigts, cuits par le temps. Au fond de la valise il trouva un carnet de croquis où l'on avait crayonné des projets de décorations militaires. Il y avait une grande croix du mérite, une palme de la bravoure, un grand cordon d'honneur… Il se mordit la lèvre jusqu'au sang. La bouffonnerie de sa trouvaille aurait dû le faire hurler de rire, mais l'épuisement lui avait fait perdre tout sens de l'humour. Il venait de mettre la main sur la garde-robe de Herr Von ! Sur les maquettes d'un mégalomane s'improvisant styliste ! *Arturo Aguilados couturier !* Le comble de la dérision ! Ainsi le monstre de San-Carmino s'était fait créateur, petite-main pour jeter les ébauches d'une garde-robe probablement destinée à l'armée personnelle dont il rêvait de se doter. Mais pourquoi s'étonner puisque Hitler n'avait pas agi différemment ? Le Führer lui-même ne consacrait-il pas de longues heures de son temps si précieux à brosser des esquisses architecturales, des projets d'uniformes et des modèles de décorations ?

Caine ricana nerveusement, et son rire chevrota dans la pièce vide. Les grandes feuilles cloquées par l'humidité frémissaient entre ses doigts. « L'artiste » s'était complu à représenter des Indiens dont il avait « aryanisé » la morphologie, les dotant contre toute logique de cheveux blonds et d'yeux férocement bleus.

Les uniformes, quant à eux, ne différaient du modèle tristement célèbre que par la couleur du drap et les symboles ornant épaulettes et revers. À la place des feuilles de chêne et de la *Totenkopf*, Arturo Aguilados avait tracé d'un pinceau raffiné des figures puisées dans la mythologie de la région : un guépard, un serpent… un iguane.

Caine rangea les croquis dans leur chemise, feuilleta une à une les pages du carnet. Là encore Herr Von avait imposé son style, remplaçant l'aigle aux ailes étendues par un condor. La croix gammée, elle, ne subissait aucune mutation. Sans doute n'avait-on pas osé s'attaquer à ce symbole presque divin ?

Il poussa un soupir de lassitude. La sueur de l'excitation avait maintenant séché sur son corps, il se sentait épuisé. Un découragement sans bornes pesait sur ses épaules. Il rabattit le couvercle de la valise aux flancs gondolés et prit le chemin de la salle de travail, son bagage sous le bras. Voilà le seul butin qu'il avait été capable. de ramener ! La boîte à couture d'Arturo Aguilados, l'aigle de Casamuerta !

Il jeta la valise dans un coin et s'étendit sur le lit de sangles. Il se faisait l'impression de tomber en ruine. Depuis combien de temps jeûnait-il ? Il n'en savait foutre rien. L'angoisse et la nervosité avait resserré son estomac, la seule idée d'avaler une bouchée de nourriture lui donnait la nausée.

La torpeur s'emparait de lui ; ses paupières se fermaient toutes seules. Et pourtant il ne fallait pas qu'il dorme, *non*. Il devait rester lucide pour se garder des manœuvres du concierge. Oui… Lucide.

⁂

Il demeura prostré jusqu'au coucher du soleil. À ce moment, sans doute parce que la perspective d'une nouvelle nuit dans le tombeau de béton le déprimait, il fut pris de frénésie et ingurgita près d'un litre de café noir. Il ouvrit ensuite deux boîtes de haricots rouges et les fit réchauffer sur le camping-gaz. L'Indienne, que l'odeur de la nourriture avait attirée, ne fit aucune difficulté pour manger la part qu'on lui présentait. Elle se mit ensuite à chanter d'une voix rauque, puis s'installa sur le matelas de paperasses pour dormir. Il était manifeste qu'elle prenait des habitudes. Elle s'apprivoisait.

Caine s'habilla et s'enfuit de la maison.

Il se rendait parfaitement compte que ses nerfs étaient en train de craquer, mais il n'était plus en état de faire face. Il fallait qu'il dorme enfin, vingt-quatre heures d'affilée, dans un vrai lit et dans un endroit sûr, où Alfred Hoogleborn ne risquait pas de mettre son sommeil à profit pour venir lui couper la gorge. Pourquoi pas chez Súna ou chez Angela Potrezzo ?

Il dévala l'escalier taillé dans la roche et se rua sur le canot qu'il poussa vers les vagues. San-Carmino lui apparaissait brusquement comme un havre de paix.

Au milieu du chenal il réalisa soudain que la barque prenait l'eau. La mer sourdait entre les planches disjointes de. la coque, lui emprisonnant les chevilles dans une flaque qui lui paraissait glacée et plus haute de minute en minute. Alors, seulement, il comprit que Hoogleborn avait saboté l'embarcation pour lui faire payer le viol de la maison. On avait gratté le calfatage des bordés et il était en train de couler, au beau milieu des courants froids, là où même un bon nageur aurait eu le plus grand mal à vaincre l'aspiration des grands fonds. Il coulait… Oui, il coulait à pic…

7

Il se dressa au milieu de la barque qui s'enfonçait, avec l'impression d'être l'unique occupant d'une baignoire à la dérive. Une baignoire dont on venait de faire sauter le bouchon de vidange. Très vite, le niveau du liquide lui mangea les genoux, puis les cuisses. Le plancher du canot s'abolit sous ses semelles et il réalisa enfin qu'il lui fallait nager s'il ne voulait pas couler à la suite de l'embarcation.

Il battit maladroitement des bras, assailli par des images de requins et de barracudas. Ses vêtements trempés l'alourdissaient considérablement, c'était comme si on l'avait enveloppé dans une immense serpillière mouillée.

Il n'avait jamais su très bien nager, et il n'avait plus vingt ans. Dans l'état d'épuisement qui était le sien, rejoindre l'île lui paraissait un exploit hors de ses compétences. De plus, le courant froid qui circulait en ce point précis de la côte anesthésiait déjà ses pieds et ses mains. Gagné par l'affolement, il frappait la surface, soulevant de grandes gerbes d'éclaboussures. Après la fournaise du dehors, l'eau du chenal lui criblait la peau d'un millier d'aiguilles de glace. Sa gesticulation frénétique ne lui permettait pas de s'opposer efficacement au courant, il commença à dériver vers le large. Une main invisible le tirait en arrière à chaque nouvelle pulsation du ressac, l'éloignant de la terre. Il chevauchait une sorte de serpent fluide et élastique au corps désagréablement froid. Un reptile d'eau trouble qui l'entraînait vers la haute mer. Il suffoqua, toussa. Il avait peur. Ses nerfs usés par la tension des derniers jours ne lui permettaient plus de contrôler la situation. Pendant quelques secondes il pensa qu'il allait bel et bien se noyer, que le froid allait l'engourdir, épingler des crampes mortelles tout au long de ses muscles. Il poussa un vagissement et avala une nouvelle gorgée d'eau saumâtre.

« Hoogleborn est là-haut ! songea-t-il dans un accès de rage. Il me regarde crever à la jumelle ! »

Les oreilles pleines d'écume, il n'entendit pas le canot pneumatique qui filait vers lui en rebondissant à la crête des vagues. Le dinghy lui boucha soudain tout l'horizon, gros boudin de caoutchouc écaillé en forme de fer à cheval, mais il n'eut pas le réflexe de s'y cramponner. Une vague le jeta contre l'embarcation, et ses ongles crissèrent sur la gomme constellée de rustines. Quelqu'un le saisit enfin sous les aisselles et le hissa hors de l'eau sans aucun ménagement. Il bascula au fond du pneumatique, le corps raide et glacé, empaqueté dans ses vêtements dégoulinants comme un noyé qu'on tire au bout d'une gaffe. Pendant qu'il bavait en suffoquant, son sauveur relança le moteur fixé à l'arrière. Le canot s'arracha à l'attraction du courant et fila vers la plage. Caine s'essuya le visage d'une main ankylosée. Ses doigts gourds ne percevaient plus aucun contact. Il put enfin lever les yeux vers l'homme qui l'avait repêché. Malgré l'épreuve qu'il venait de subir il eut un sursaut. Celui qui tenait la barre n'était autre que le colosse à peau rouge qui l'avait suivi le jour de l'enterrement, cet ancien militaire dont la photo figurait dans les archives de Cazinsky.

– Je vous connais… Vous êtes Nuco ? balbutia-t-il, Nuco Centavo… C'est ça ?

L'autre eut un grognement et tourna la poignée des gaz. Le dinghy amorça une courbe et perdit de la vitesse. La plage était toute proche maintenant.

– Vous étiez encore en train de me surveiller, hein ? reprit Caine. Vous n'avez jamais cessé d'être derrière mon dos, n'est-ce pas ?

Le grand Indien secoua ses mèches noires avec une certaine lassitude. Ses yeux bridés et les méplats de ses pommettes ôtaient toute expression à son visage.

– C'est Súna qui m'a ordonné de marcher sur votre ombre, dit-il enfin. Vous ne devriez pas vous en plaindre. Sans moi, vous seriez en ce moment même en train de couler à pic. Vous avez l'air de nager comme une enclume.

Caine accusa le coup.

– Súna ?

Nuco haussa les épaules comme si cette ébauche de discussion n'avait aucun sens.

– Súna, se contenta-t-il de répéter d'une voix lointaine.

D'une rotation du poignet il coupa les gaz. Le fond du dinghy racla le sable.

– Vous allez m'aider à tirer le canot dans les rochers, ajouta-t-il en désignant la falaise d'un mouvement du menton. Je ne veux pas qu'on le repère sur la plage. Après nous parlerons.

Caine ouvrit la bouche, ne trouva rien à dire et regarda l'Indien enjamber le boudin de caoutchouc du flotteur pour sauter à l'eau. Il dut se secouer pour l'imiter. Poussant et tirant, ils traînèrent l'embarcation sur le sable humide. Les mains de Caine dérapaient sur le latex gluant d'écume. Il avait l'impression de haler le cadavre d'un cachalot. Il vit que Nuco les dirigeait vers une grande faille verticale qui sabrait la falaise de haut en bas sur plus de vingt mètres. La base de la fêlure formait un triangle assez large pour permettre à deux hommes d'entrer de front. C'est dans cette caverne filiforme qu'ils déposèrent le dinghy. Il y faisait sombre mais des rais de soleil hachuraient la pénombre, exaltant l'odeur des algues pourrissantes. Caine se laissa tomber à genoux dans le tapis de varech, son cœur cognait trop fort, dilatant douloureusement ses veines. Bon Dieu, il n'allait pas faire un infarctus, tout de même ? Il n'était pas si vieux ! Soudain, il crut qu'il devenait fou. À quelques mètres de lui, tout au fond de la grotte, un piano à queue était fiché de guingois dans la vase. Avant que le sel ne ronge le vernis délicat de ses bois, ç'avait été un instrument de choix à la signature prestigieuse, une parfaite machine de concert dont les jointures avaient éclaté sous le choc de l'impact, projetant en tous sens les touches du clavier. Sous le couvercle fendu, gonflé, les cordes n'étaient plus qu'une toile d'araignée rouillée sur laquelle couraient des dizaines de crabes. Caine eut une ébauche de recul. Nuco l'arrêta d'un mouvement du bras et lui désigna le haut de la faille avec une mimique désabusée. Le romancier leva la tête, laissant courir son regard vers le sommet de la cheminée rocheuse. Tout d'abord il ne distingua qu'un semis de reflets dansant dans le soleil, puis comprit qu'il s'agissait d'un lustre à pendeloques. Un lustre comme on en trouve dans les salles de réception ou le hall des grands hôtels, et qui paraissait accroché tout en haut de la grotte. Il eut une grimace d'égarement. Nuco haussa les épaules.

– Des connards de citadins, bougonna-t-il en guise d'explication. Ils ont voulu bâtir une villa au sommet de la falaise, à cause du sacro-saint panorama. Et puis, une nuit, la roche a bougé, un début de séisme qui a ouvert une crevasse au beau milieu de leur salon, et le piano est descendu soixante mètres plus bas ! Ils ont fichu le camp, mais la maison est toujours là-haut, au-dessus du vide qui s'agrandit un peu plus chaque année. Le lustre qu'on aperçoit, c'est celui du hall. Quand la mer est calme, on l'entend cliqueter dans le vent… Un jour, la baraque tout entière tombera dans la crevasse, ce n'est qu'une question de temps…

Caine avala péniblement sa salive, elle avait un goût de sel et de levure.

– Venez, lança Nuco, nous allons marcher au soleil. Vos vêtements pourront sécher. Vous êtes capable de tenir debout ? Vous avez une sale gueule… Est-ce que les Blancs sont toujours aussi pâles ?

Caine acquiesça, trop content de fuir la tanière du piano. Dès qu'il fut à l'extérieur, ses habits alourdis d'humidité commencèrent à fumer.

– Ça va mieux ? s'enquit l'Indien. Qu'est-ce qui s'est passé là-haut ? Vous fichiez le camp quand la barque a coulé, hein ? C'est bien ça ? Je vous ai observé à la jumelle tout le temps que vous descendiez l'escalier. On aurait dit que les flammes de l'enfer vous rôtissaient le cul.

Caine lutta de toutes ses forces pour rassembler ses esprits.

– J'en ai assez, laissa-t-il enfin tomber, je rends mes billes, je vais rassembler la documentation de Cazinsky et rentrer en Californie. Je m'occuperai de la publication du bouquin, l'éditeur aura fatalement besoin d'un nègre pour mettre en ordre toute cette paperasse et en tirer un manuscrit présentable… Ça remboursera au moins mes frais de voyage.

Nuco siffla désagréablement entre ses dents.

– *Tss, tss*, fit-il dans un murmure. Arrêtez de me débiter cette merde. Vous êtes sous le choc, mon vieux, vous délirez. Qu'est-ce que c'est que ces histoires de boutiquier minable ? Súna et vous aviez d'autres projets il n'y a pas si longtemps.

Caine se passa la main sur le visage. Il avait la peau sèche, amidonnée par l'écume et le sel. Il eut l'impression que ses rides s'étaient creusées de plusieurs millimètres. La situation lui échappait complètement. Que faisait-il là, parlant à cet inconnu comme à un complice de longue date ?

– Nous nous sommes laissé emporter par notre imagination, coupa-t-il sèchement. Hoogleborn est un mythomane, le bunker une coquille vide. Ce vieux cinglé entretient un mystère factice pour se donner de l'importance. Si on l'écoute trop on finit par s'y laisser prendre. Cazinsky en est mort. Non, je laisse tomber.

Pour souligner le caractère irrévocable de sa décision, il pressa le pas mais Nuco se maintint à sa hauteur sans effort apparent. La falaise, minée par les éboulements successifs, perdait de l'altitude pour faire place à une ligne de dunes aux ondulations molles. Des gosses en haillons en dévalaient les pentes, roulant cul par-dessus tête au milieu de grands éclaboussements poudreux.

– Elles se déplacent très vite, observa Nuco d'une voix atone, le vent les pousse vers l'intérieur. Ce sont comme des tortues de sable. Elles progressent sans jamais montrer leur tête ou leurs pattes.

Caine sursauta.

– *Mais de quoi parlez-vous ?*

– Des dunes, bien sûr. Elles ont avalé une villa, là-bas. Une très belle maison, toute blanche, que des gens de la capitale avaient fait construire au bord de la plage. Ils ne se sont pas méfiés, eux non plus ; ils se croyaient malins. Peu à peu, les dunes se sont rapprochées, elles ont englouti le jardin, la pelouse. Ils ont dû prendre la fuite. Aujourd'hui la maison est quelque part, enfouie dans le ventre d'un tas de sable. Personne ne sait lequel. Les gosses jouent à la retrouver. Ils creusent en espérant découvrir les tuiles du toit, la lucarne du grenier. Ils espèrent pouvoir pénétrer dans la bâtisse pour y voler les objets abandonnés par les propriétaires.

Caine haussa les sourcils. Les propos de son interlocuteur le désorientaient. Disait-il la vérité, essayait-il de filer quelque obscure parabole ? Il éprouva soudain une bouffée d'exaspération pour ce colosse énigmatique et un peu allumé qui semblait prendre un malin plaisir à jouer au guide pour retarder le moment des explications décisives.

– Vous m'avez suivi, contrôlé, espionné par crainte que je découvre le trésor de Casamuerta et que je file sans penser à cette pauvre Súna ! attaqua-t-il. Eh bien, vous avez perdu votre temps ! Il n'y a rien sur l'île, j'en ai ma claque. Je rentre en Californie avant que la milice de la mine ne commence à se demander ce que je fais là. J'écrirai l'histoire du clown de San-Carmino, le livre sortira sous la signature de Cazinsky, j'y gagnerai de quoi vivre un an sans me priver, et la parenthèse sera refermée.

Il se tut. Il ne croyait pas à ce qu'il disait. Sa colère mourut aussi vite qu'elle était née. Il s'arrêta pour ôter sa veste et permettre à sa chemise de sécher. Le temps ne coulait plus qu'au ralenti. Les ombres semblaient peintes sur la plage tant elles étaient noires.

– Je n'aime pas ce que vous me racontez, souffla Nuco, et j'ai peur que Súna l'apprécie encore moins que moi. Súna est une personne fragile. Ses nerfs sont malades. Très malades. Elle peut devenir agressive, extrêmement agressive quand elle est déçue. Vous allez faire une erreur, Caine.

Le ton n'était ni doucereux ni menaçant, et cette absence d'acidité inquiéta encore plus le romancier.

– Malade ? releva-t-il avec une ironie forcée. Il me semble que tout le monde l'est plus ou moins à San-Carmino. La ville comme ses habitants, non ?

– Elle a eu des moments très durs, vous savez ? fit Nuco les yeux dans le vague. Rien de ce qu'elle a voulu entreprendre n'a marché. Le club de plongée sous-marine a périclité, les gens avaient peur des requins et les gars du port s'amusaient à leur faire peur en leur racontant des histoires de touristes dépecés. Seul Cazinsky est resté. Lui, il se moquait bien des barracudas. Après, il a découvert que Súna avait fait des études, écrit des livres, il l'a engagée comme secrétaire. Il payait bien, et puis, peu à peu, il est devenu bizarre, méfiant, comme s'il avait trouvé quelque chose d'important... Mais Súna a déjà dû vous raconter tout ça, hein ? Bref, il l'a virée. Alors il a bien fallu essayer de survivre. Je suis parti pour la mine. Pas comme flic, non, ça m'aurait dégoûté de taper sur les gens de ma race, il n'y a que les Blancs qui soient capables de ça. Non, je me suis fait embaucher comme simple gratte-cailloux. Un an d'enfer. La réclusion totale sans permission de sortie. Pendant ce temps-là, Súna était serveuse dans une *cantina* fréquentée par la milice. Un soir, les gars ont commencé à la chahuter. Comme elle résistait, ils l'ont violée, et pour la punir de les avoir griffés, ils l'ont accrochée par les mains et les pieds à la hampe du drapeau qui surplombe l'entrée de la mairie. Nue, complètement, suspendue comme une bête au retour de la chasse, avec une bouteille de bière enfoncée dans le vagin… Elle est restée comme ça jusqu'au lendemain midi. Dans la rue, les gens passaient en détournant la tête. Ils faisaient semblant de ne pas la voir. Personne n'osait aller la décrocher de peur d'éveiller la colère des miliciens. À la fin, parce qu'elle risquait de mourir déshydratée, les flics se sont décidés à intervenir, mais ils n'en menaient pas large. La police d'ici n'a pas plus de pouvoir que le corps des balayeurs municipaux. Ils ont libéré Súna en lui ordonnant de se faire oublier. C'est ce jour-là qu'elle a décidé d'avoir sa revanche.

Il fit une pause avant d'ajouter :

– Elle a gardé la bouteille de bière, comme symbole. Vous la verrez dans sa chambre, posée sur la cheminée. Elle dit qu'elle ne la cassera que le jour où elle aura liquidé ses comptes.

Caine triturait nerveusement sa veste, aucun commentaire ne lui venait à l'esprit.

– Ce que j'essaye de vous expliquer, insista l'Indien, c'est qu'elle a tout misé sur le trésor de Cazinsky. Ce butin, c'est sa dernière chance. Si vous lui ôtez cet espoir, je crains qu'elle ne réagisse de façon très violente.

– C'est une menace ?

– Non, une simple prédiction. Il faut que vous mettiez la main sur ce fric, Caine, sinon tout va aller très mal, pour vous, pour moi, pour San-Carmino…

– Pour San-Carmino ? releva Caine, stupéfait.

Mais Nuco ne répondit pas. Derrière la plus haute dune, un break blanc était arrêté, le hayon ouvert. Courbés sous le soleil, un couple de retraités s'affairaient en haletant, remplissant avec une énergie désespérée des petits sacs de toile de jute. À l'aide d'une pelle de jardinage, ils puisaient au flanc de la colline de sable sans s'accorder la moindre trêve. Ils travaillaient avec une hâte inquiète de contrebandiers, accumulant les paquets à l'arrière du véhicule.

– Ils se préparent pour affronter le siège ! ricana Nuco. Vous ne saviez pas que les rares habitants qui s'accrochent encore aux quartiers chics tapissent les murs de leurs appartements avec des sacs de sable ?

– Non, pourquoi ?

– À cause des rafales tirées par la milice au cours des patrouilles. Les mercenaires arrosent à la mitrailleuse tout ce qui bouge. Les projectiles se perdent dans la nuit et traversent les façades des immeubles comme si c'était du carton. On a déjà retrouvé cinq ou six rentiers abattus devant leur téléviseur, la poitrine ou la tête éclatée. Depuis, les habitants de la ville haute « doublent » leurs cloisons d'une muraille de sacs de sable. Je trouve ça assez rigolo, tous ces appartements de luxe transformés en tranchées ! Ces gens pleins de fric recroquevillés dans leurs salons rétrécis… pas vous ?

Caine haussa les épaules.

– Vous vous trompez, fit-il avec lassitude. Les riches ont fui depuis longtemps, ce sont les petits épargnants qui se retrouvent bloqués à Carmino, ceux qui se sont endettés pour acheter ici, et n'en peuvent plus repartir.

Le break était plein. Titubant de fatigue, la figure grise, ruisselante, les deux vieux se glissèrent à l'intérieur du véhicule et démarrèrent en patinant.

– Je vais aller voir Súna, décida brusquement Caine. Je lui expliquerai mon point de vue…

– Faites attention, murmura Nuco, j'ai essayé de vous prévenir. Ce trésor, il vaudrait mieux pour tout le monde que vous le trouviez sans trop tarder.

– Mais il n'existe pas ! explosa Caine. Cazinsky avait perdu la tête… et ça n'a rien d'étonnant. Après quinze jours de claustration dans ce bunker on serait prêt à croire n'importe quoi !

– Vous ne pensez pas ce que vous dites, observa laconiquement Nuco. Je le sais. Et vous le savez aussi.

Puis il tourna les talons.

Exaspéré, inquiet, Caine trébucha sur les galets pour rejoindre la route du front de mer. À présent ses vêtements étaient secs mais le sel leur avait donné la consistance du carton. Il grommela et perdit plusieurs minutes à s'orienter. Le goudron était mou sous ses semelles, le sable s'y incrustait comme du sucre sur le glaçage chocolaté d'un interminable gâteau rectiligne.

Il marcha longtemps entre les dunes affaissées dont la lente dérive avait digéré une bonne partie du ruban d'asphalte. En arrivant devant la baraque-épicerie de Suspender, il vit que la chaussée avait été hachée en diagonale par plusieurs rafales de gros calibre. Les projectiles avaient labouré le goudron pour mettre la terre à nu.

– Ils deviennent nerveux, dit la voix de Súna derrière lui. Ils tirent sur tout ce qui se présente : les chiens, les cochons, mais aussi les gosses qui traînent dans les rues. Il n'y a pas officiellement de couvre-feu, mais les gens « bien » ne sortent plus la nuit.

Il se retourna. La jeune femme émergeait tout juste de la *cantina*. Elle tenait à la main une bouteille de *mezcal* enveloppée dans un sac en papier, et ses pupilles paraissaient bizarrement dilatées. Elle eut un rire saccadé et ajouta :

– Tu t'es enfin souvenu de mon existence ? Je croyais que tu ne reviendrais jamais de Casamuerta… On dirait que le père Hoogleborn t'en a fait voir de toutes les couleurs, non ?

Son élocution était pâteuse et deux taches pourpres marquaient ses joues. Elle était ivre morte.

– Allons à la maison, balbutia-t-elle. Il fait trop chaud pour rester en plein soleil. Tu n'as pas de chapeau et tes cheveux pourraient bien s'enflammer. Tu ne serais pas très beau avec le crâne chauve. Tes admiratrices n'achèteraient plus tes bouquins…

Tirant une grosse clef rouillée de la poche de sa robe, elle prit la direction de la bâtisse écaillée marquant le centre de la baie. Caine la suivit. Lorsqu'ils entrèrent dans la chambre, quelques minutes plus tard, le romancier repéra tout de suite les flacons vides alignés le long du mur. Bière et vin bon marché. Súna se laissa tomber sur le lit, roula sur le ventre et tira la fermeture Éclair de sa robe dans son dos. Sa peau était toute saupoudrée de sable.

– Déshabille-toi, commanda-t-elle, il faut être à l'aise pour boire.

Elle se mit à ramper hors du fourreau de toile sous lequel elle ne portait pas de sous-vêtements. Dans la lumière filtrée par les jalousies, la scène avait quelque chose d'animal. Soudain, Caine se sentit submergé par l'irrésistible envie de posséder ce corps jeune et souple. Il se dépouilla de ses habits et s'allongea à côté de la jeune femme, complètement nu. Súna avait débouché la bouteille qu'elle venait d'extirper du sachet de papier brun. Ils burent en silence pendant un moment, se repassant la bouteille comme des clochards sur un banc. Súna semblait déjà au bord de la syncope éthylique, mais Caine, pris d'un doute, se demanda si elle n'accentuait pas à dessein les symptômes de son ivresse. À vrai dire, il ne se sentait plus tellement les idées nettes. L'alcool ravageait son estomac vide, lui montant directement à la tête.

– Alors, lança Súna en pouffant de rire, vas-tu enfin te décider à nous rendre riches ?

Caine trouva que l'ivresse l'abîmait, la rendait vulgaire. La vieillissait aussi. Elle dut lire dans ses pensées, car elle s'arrêta brusquement de rire.

– Je te dégoûte ? interrogea-t-elle d'une voix mal assurée. Qu'est-ce que tu veux ? Je n'ai jamais eu de chance. Je n'ai pas pu devenir une grande dame… d'ailleurs j'ai la peau trop foncée pour faire une vraie bourgeoise. On n'aurait sûrement pas voulu de moi dans la ville haute.

Caine avala une nouvelle rasade. La chambre commençait à tanguer.

– Allonge-toi, murmura Súna contre son oreille. Tu as la peau blanche, toi. Blanche comme celle d'un cadavre. Cazinsky était comme toi. Blême, il n'y avait pas dans tout San-Carmino un seul homme aussi pâle. Faire l'amour avec lui c'était devenir nécrophile… Et maintenant il est vraiment mort.

Elle empoigna brutalement le sexe du romancier, dénuda le gland d'un coup de poignet. Caine cria. Il réalisa brusquement qu'il avait peur depuis le début. Peur de Súna. Son regard erra à travers la chambre, rencontra la bouteille de bière vide qui trônait en évidence sur la cheminée, sous un globe de verre, comme un incompréhensible objet d'art ou une couronne de mariée. « Attachée à la hampe du drapeau… », avait dit Nuco.

– Blême ! répéta la métisse, tu sens le Blanc, le fade. Le blanc c'est la couleur des bêtes des ténèbres : des poissons aveugles. Tu vivras dans le noir et tu seras aveugle tant que tu n'auras pas trouvé le trésor, Caine ! Mais j'ai peut-être tort de miser sur toi… Les animaux qui ne voient jamais le jour naissent sans yeux. Tu es comme eux. Tu te cognes la tête contre les murs du bunker. Tu n'es qu'un petit Blanc peureux et pressé. Tes yeux ne te servent à rien… *On pourrait te les enlever*, tu ne ferais pas la différence…

Elle avait saisi le visage de l'homme entre ses mains et poussait ses pouces en direction des orbites, comme si elle avait décidé de l'énucléer. La peur s'empara du romancier. Il fut sur le point de la repousser ou de la frapper pour l'éloigner de lui. Elle était folle, il le sentait… Folle et prête à tuer. Alors qu'il allait réagir, elle recula et entreprit de le masturber avec violence, la paume fermée sur son pénis comme sur un outil à manche de bois. Caine tenta de se dégager, la douleur commençait à avoir raison de son érection. Enfin, la jeune femme s'empala sur lui, mais son ventre était sec et sans désir. En dix coups de reins, elle lui arracha un maigre jaillissement. Tout de suite après elle se dressa et courut sous la douche.

– Je pue le cadavre ! hurla-t-elle à travers le bruit de l'averse martelant la faïence, tu m'as donné ton odeur d'aveugle… Je pue comme les bêtes d'eau. Je pue le vieil aquarium.

Caine roula sur le flanc.

– Je vais partir, eut-il la force de crier. Tu entends ? *J'abandonne.* Cette histoire est pourrie. Hoogleborn est fou, il vous a tous contaminés… Je ne veux pas finir comme vous.

Mais Súna ne répondit pas. Il se demanda si elle l'avait entendu, puis il s'endormit, vaincu par la fatigue et l'alcool en marmonnant « Il n'y a pas de trésor… »

Une heure plus tard, il fut réveillé par une sensation d'extrême danger, comme cela lui arrivait souvent, et il se dressa au milieu des draps collants, la peau du ventre amidonnée de sperme séché, le cœur battant à tout rompre. Le désordre de la chambre n'avait subi aucune modification. Sur le sol, ses habits ressemblaient à une flaque de tissu recroquevillé… ou à une mue de serpent. Sur la cheminée, la bouteille de bière sous sa cloche de verre duveteuse de poussière se dressait comme un fétiche sinistre.

Il posa un pied hors du lit et réprima une nausée. La maison était silencieuse, inerte. Il faillit appeler Súna, puis se ravisa, comme si le fait de crier allait signaler sa présence à un ennemi invisible. Pourquoi se sentait-il tellement en danger ? Hoogleborn n'était plus là, tapi dans l'ombre, à l'épier. Il prit la direction de la salle de bains. À sa vue, un joli petit lézard qui trottinait au fond de la baignoire se rua vers le trou de vidange dans lequel il disparut. Caine leva les yeux vers le miroir pendu au-dessus du lavabo, passa les doigts dans sa barbe grise qui commençait à s'allonger. Il avait maigri et ses joues paraissaient encore plus creuses que d'ordinaire.

Il se lava rapidement puis alla récupérer ses vêtements. Il vida ses poches avant de jeter les habits au fond de la baignoire. Il fallait les faire tremper pour les débarrasser du sel qui les imprégnait. Rangé entre les pages du carnet étanche à couverture de caoutchouc noir qui ne le quittait jamais, le passeport n'avait pas souffert. Il n'en allait pas de même pour les billets de banque et le recueil de contes légué par Cazinsky, que l'humidité avait réduits en chiffons de papier. Il les aligna soigneusement sur le sol, dans un rayon de soleil et s'enveloppa dans une serviette éponge. Il avait mal à la tête et son estomac criait famine. Il quitta la chambre et descendit au rez-de-chaussée à la recherche de la cuisine. Il y trouva Súna attablée devant une grande cafetière émaillée et fumante. Elle avait les yeux cernés et son peignoir dépourvu de ceinture bâillait sur son ventre.

Caine rafla une tasse ébréchée sur l'évier et se versa une rasade de café.

– Alors, persifla la jeune femme. Hoogleborn a réussi à te faire peur, à ce qu'il paraît ? Tu jettes l'éponge dès le premier round ? Je te croyais plus endurant. Peut-être que tu es trop vieux ? Tout juste bon à écrire des conneries…

– Je n'ai pas relevé la moindre piste, lâcha Caine en s'évertuant au calme. Cazinsky n'a rien laissé, ou s'il l'a fait Hoogleborn s'est empressé de tout détruire. Il n'y a qu'une solution : capturez-le donc et torturez-le jusqu'à ce qu'il parle. Mais dans ce cas attendez que je sois dans l'avion pour lui accrocher des électrodes aux couilles.

– J'y ai déjà pensé mais il est trop vieux, lui aussi, observa Súna d'une voix glacée. Son cœur ne tiendrait pas le coup. Il mourrait à la première secousse.

Caine réprima un frisson. Il eut tout à coup la conviction que la jeune métisse avait sérieusement envisagé la solution de la torture. Une subite envie de courir lui monta dans les jambes.

– Et Nuco, fit-il pour rompre le silence qui s'installait. Tu l'as chargé de me protéger ou de m'empêcher de fuir ?

– Hoogleborn est malin, dit Súna en éludant la question. Il se débrouille très bien pour qu'on ne puisse pas le prendre au sérieux. Il possède son rôle de mythomane à la perfection. J'ai pu l'étudier lorsque je travaillais sur l'île. S'il déploie tant d'énergie pour se débarrasser de toi, c'est qu'il te juge dangereux. Tu es sûrement tout près de la solution, mais tu n'en as pas encore conscience. Il faut que tu retournes là-bas.

Caine faillit refuser de la façon la plus catégorique mais quelque chose l'avertit de n'en rien faire. Un obscur sentiment de danger dont Súna était le pôle magnétique.

– Oui, murmura-t-il d'une voix éteinte qui tremblait un peu. Tu as peut-être raison, mais il a bel et bien essayé de me tuer en sabotant la barque.

– Nuco te confiera une arme, ou du moins de quoi le faire tenir tranquille. Des narcotiques et du vin devraient suffire. Arrange-toi pour laisser traîner les bouteilles, il ne manquera pas d'en voler, c'est son point faible. Il faudra aussi rembourser la barque perdue pour ne pas donner l'éveil. Nuco s'en chargera, tu lui donneras l'argent nécessaire.

Elle soupira et repoussa sa chaise.

– La nuit tombe, dit-elle. Il faut que j'aille travailler. Nuco viendra tout à l'heure.

– Vous vous relayez pour m'empêcher de filer, ricana Caine, c'est ça ?

– Ne dis pas de bêtises, coupa la jeune femme avec une réelle lassitude. Et ne tente pas de sortir, il ne fait pas bon circuler dans les rues après le coucher du soleil, les miliciens ont tendance à tirer sur tout ce qui ne porte pas l'uniforme de la mine.

Elle quitta la pièce. Caine fit couler l'eau du robinet, se rinça la bouche, mais le goût amer du café trop fort s'accrochait à sa langue. Quelques minutes plus tard, Súna sortit de la maison sans lui dire au revoir. Le soleil virait au rouge. Le romancier frissonna. Son pagne en serviette-éponge lui parut ridicule ; il décida de s'occuper sérieusement de ses vêtements poissés, et grimpa à l'étage.

Sur le sol, les billets étaient à peu près secs. Le livre de contes, lui, semblait dans un état désespéré. Le cuir bon marché qui gainait la couverture se décollait, laissant le carton à nu. Caine feuilleta les pages gondolées. Au moment où il allait rejeter la brochure, son cœur rata un battement. Sous la mince pellicule de cuir qui avait jusqu'alors adhéré à la couverture de carton brut, on distinguait le reflet d'un étui de mica guère plus épais qu'une carte de crédit. Une feuille de papier calque jaunie avait été pliée à l'intérieur d'un sachet hermétique chargé de la protéger de la colle dont on avait badigeonné l'ouvrage avant de tendre le maroquin. Les mains de Caine tremblaient. Grattant frénétiquement des ongles, il détacha l'étui. Scellé sur ses quatre côtés, il mesurait approximativement dix centimètres sur cinq, et son épaisseur était pratiquement nulle. D'un coup de dents, le romancier entama la pellicule plastifiée, et agrandit la déchirure avec l'index. Une comparaison idiote lui envahit l'esprit et il se revit – enfant – déchirant avec impatience l'emballage des cadeaux de pacotille cachés dans le ventre des paquets de céréales.

La feuille de papier, jaune, craquante, trahissait son grand âge. Il la déplia avec des précautions infinies et s'appliqua à juguler son excitation pour tenter de comprendre ce qui s'y trouvait inscrit. Il ne lui fallut pas plus d'une seconde pour identifier l'écriture de Herr Von dont il avait vu de multiples manuscrits autographes. Une curieuse ligne brisée partageait le morceau de papier à mi-hauteur et sur toute sa largeur. Sous ce tracé chaotique on avait dessiné un cercle d'où montaient trois traits rectilignes inégaux qui coupaient le zigzag et finissaient chacun par une croix. Les traits étaient répertoriés A, B, C. Au bas de la feuille, des séries de chiffres incompréhensibles avaient été accolées à chacune des lettres. Cela semblait correspondre à des mesures en mètres et en degrés. L'effet général était celui d'un soleil aux rayons incomplets ou d'un hiéroglyphe particulièrement hermétique. Caine s'essuya la bouche. La sueur dégoulinait de ses sourcils. Il tenait enfin une piste. Une carte, probablement, que Cazinsky avait jugée assez importante pour la dissimuler de telle manière qu'elle avait failli se perdre à jamais !

Il examina une nouvelle fois le dessin à l'encre pâle, sans pouvoir lui attribuer la moindre signification. C'était bien l'écriture d'Aguilados, avec ses élans de plume mégalomanes, et ce manuscrit fragile, proche de l'émiettement, était peut-être la clef de tout le problème !

Une porte claqua au rez-de-chaussée. Nuco ! Caine replia la carte, la glissa dans son sachet et jeta ce dernier sous un meuble. Il avait à peine achevé son geste que l'Indien entrait dans la pièce, un paquet de vêtements sous le bras.

– J'ai pensé à vous, grommela-t-il. Tenez ! en attendant que vos habits soient secs. Rien ne sera à votre taille mais ce sera toujours mieux que de rester cul nu. Je vous attends en bas.

Il lança la chemise et le pantalon sur le lit bouleversé, et tourna les talons. Caine attendit que se calment les battements de son cœur, puis s'habilla. Tout était bien trop grand pour lui, et il eut l'impression d'être un enfant égaré dans les vêtements de son père. Il replia manches de chemise et jambes de pantalon et partit rincer son costume qu'il suspendit à un cintre. Il agissait mécaniquement, le cerveau ailleurs, l'esprit enfiévré par sa récente découverte. L'image du soleil à trois rayons surmonté de la ligne tortueuse d'un horizon factice était comme imprimée sur sa rétine.

Dominant son excitation, il alla rejoindre Nuco qui l'attendait dans la cuisine, une bouteille de *tequila* entre les cuisses, l'œil fixé sur le rectangle de la fenêtre que la nuit obscurcissait de minute en minute.

– Alors, marmonna le géant, vous restez ?

– Je reste, acquiesça Caine, je reste. Mais il faudra m'aider à neutraliser Hoogleborn, ce vieux dingue veut ma peau. Si je retourne là-bas, il essaiera de nouveau de m'éliminer.

– Je savais bien que Súna saurait vous convaincre, grogna Nuco.

Il y avait comme de la rancœur dans sa voix. D'un mouvement brusque il porta le goulot à ses lèvres et but avec avidité, sans reprendre son souffle, comme s'il essayait de se noyer. Assommé, il resta une minute silencieux, puis lança sans transition :

– Vous n'avez jamais mis les pieds à la mine, n'est-ce pas ? Ils ont bâti Pitsacoa sur le modèle de l'enfer, vous savez ? Oui, de l'enfer : des cercles concentriques, des anneaux de barbelés emboîtés les uns dans les autres. C'est comme un camp de concentration : des couloirs de fil de fer qui tournent, qui tournent et ne communiquent entre eux qu'exceptionnellement. Les gardiens sont répartis par « ceintures ». Seuls ceux de la première ceinture ont le droit de sortir à l'extérieur, dans le « monde », comme ils disent ! Mais ce sont aussi les moins payés. Ils composent le personnel de patrouille. Les autres sont cloîtrés au même titre que les travailleurs qu'ils surveillent. Certains couloirs ont été électrifiés, d'autres sont remplis de chiens dressés à l'attaque. Il y a des miradors équipés de mitrailleuses M60 américaines, et deux canons antiaériens. Des bitubes de 20 mm d'une capacité de 900 coups à la minute pour prévenir une action terroriste héliportée. L'espace aérien au-dessus de la mine est interdit. Et ça n'a rien d'une plaisanterie : il leur est arrivé d'abattre un avion de tourisme qui avait osé passer outre. Tout en haut, au-dessus des cercles de barbelés, il y a le barrage hydro-électrique. Il fournit le courant de l'exploitation et celui de San-Carmino. Il est entièrement sous le contrôle de la société minière. Les galeries, elles, s'enfoncent sous la roche, de part et d'autre du fleuve, au creux de la cuvette. Là, on est vraiment au cœur de l'enfer. Le marteau-piqueur et la haveuse deviennent des prolongements de vos bras. La nuit, les ouvriers sont bouclés dans les baraquements, comme des prisonniers. Il est interdit de sortir sous un prétexte quelconque, les dobermans lâchés à la tombée du soleil vous dévoreraient aussitôt.

L'Indien fit une pause, le temps d'avaler une nouvelle gorgée d'alcool, puis reprit :

– Le bâtiment de la Direction, là où sont enterrés les coffres, a été conçu comme un véritable bunker. On pourrait le bombarder sans l'endommager. La chambre forte est commandée par un système d'ordinateurs, elle ne s'ouvre qu'après l'analyse de trois empreintes digitales de Parduras, mais personne bien sûr ne sait de quels doigts il s'agit ! À la moindre erreur de combinaison, le couloir d'accès aux coffres voit aussitôt son plafond s'abaisser jusqu'à toucher le sol, un vrai laminoir.

» Le seul point faible, c'est le fleuve qui coupe l'exploitation en deux. Un commando d'hommes-grenouilles suicidaires pourrait tenter d'entrer par là… mais ce serait de la folie. À certains endroits on a noyé des filets capables de résister à toutes les tenailles, et des mines antipersonnel. Des canots pneumatiques de combat patrouillent sur les autres sections. On les a équipés de canons-mortiers Hotchkiss-Brandt. Quand on vit là-bas, on a l'impression de se trouver au milieu d'un fortin constamment sur le pied de guerre, mais le butin de Pitsacoa est énorme. Le filon mère est difficile d'accès, mais sa qualité reste sans égale. Il faut travailler dans l'eau, au fond des galeries à demi noyées par les infiltrations en provenance du fleuve, avec le risque d'être balayé et englouti à tout moment par une inondation. Il y a beaucoup d'accidents, des cadavres qui se perdent dans les tunnels et qu'on ne retrouve jamais. On progresse pas à pas, en sachant que le moindre coup de pic peut faire s'écrouler la voûte, car toute la roche est pourrie d'humidité. La main-d'œuvre indienne est payée au plus bas, pour compenser les frais de défense et d'armement. Parduras économise sur tout : les conditions de vie des travailleurs, la nourriture, le logement. Quand on signe un contrat, on accepte en fait un an de prison volontaire. Un an d'enfermement sous l'œil des matons avec, de temps à autre, la soupape de sécurité d'une douzaine de putains soigneusement sélectionnées et qu'on fait venir par hélicoptère de la capitale. Son temps écoulé, et si on ne désire pas rempiler, on a droit au grand jeu du « sondage ». Tout est mis en œuvre pour s'assurer que vous n'emportez aucune pépite : radiographie des intestins, des dents, de l'estomac. La moindre cicatrice est suspecte. À une époque, il y avait des gars qui se blessaient volontairement pour cacher des cailloux d'or dans la plaie, ensuite ils recousaient l'ouverture et racontaient des histoires de kyste, d'éclats d'obus… Mais les toubibs connaissent le truc, maintenant.

» Oui, Pitsacoa c'est l'enfer : un mini-camp de concentration dirigé par un mini-dictateur. Quand on a été là-bas, on ne peut plus tourner la tête de ce côté du paysage sans se sentir un nœud au creux du ventre. C'est une enclave interdite où l'on tire sur tout ce qui bouge, même sur les singes. Quelques imbéciles de touristes l'ont appris à leurs dépens. Le plus drôle, c'est que les promoteurs de San-Carmino avaient misé sur ce déploiement de forces pour appâter les futurs clients ; ils pensaient que la milice symboliserait l'ordre, donc la sécurité dans l'esprit des gogos… Quelle blague, ce sont justement les excès de la garde qui ont provoqué la révolte !

– Quelle révolte ? ricana Caine. Il n'y a pas de révolutionnaires à part cette Miss O qui a l'air de sortir d'une bande dessinée pour ados débiles. Les autres, les sympathisants, applaudissent sans trop se mouiller. Mais en réalité elle est seule, isolée…

Une étrange tristesse envahit le regard de Nuco.

– Oui, murmura-t-il en hochant lourdement la tête. C'est vrai. Seule… ou presque.

Son long monologue mourut sur ces derniers mots, et le silence s'installa.

Un peu plus tard dans la soirée, les deux hommes improvisèrent un repas à l'aide de piments et de galettes de maïs, puis Caine annonça qu'il allait se coucher.

– Súna ne rentrera qu'à l'aube, expliqua l'Indien d'une voix empâtée par l'alcool. Elle travaille dans une boîte pourrie, une *cantina* fréquentée par les miliciens. Chaque fois qu'elle va là-bas, c'est comme si elle se trempait dans la merde…

Caine grogna un vague acquiescement et monta l'escalier. Arrivé dans la chambre, il récupéra son passeport, son carnet caoutchouté, la carte sibylline de Herr Von et ses bottes humides. Il commençait à avoir une vague idée de ce qu'il devait faire. Il tenait toutefois à agir seul, car l'hypothèse que Súna et Nuco envisageaient sans remords de le coiffer au poteau une fois l'énigme résolue n'était pas, selon lui, à écarter. De toute manière, jusqu'à présent, il avait effectué tout le travail en solitaire. Bien sûr, l'Indien l'avait sauvé de la noyade, mais était-ce suffisant pour justifier une confiance totale ? Non, pas à ses yeux.

La nuit était à présent bien installée. Quand Nuco tomba, le front sur la table, anesthésié par le contenu de la bouteille de *tequila* ingérée au cours du repas, Caine descendit, traversa le hall et sortit dans la nuit en priant pour qu'aucune patrouille ne confonde sa silhouette avec l'ombre énigmatique de Miss O.

Il marchait d'un pas vif vers les immeubles ultramodernes de San-Carmino sur les façades desquels ne brillait plus qu'un nombre terriblement réduit de fenêtres.

Il marchait…

suffisant pour justifier une confiance. Mais ? Non
pas assez.

Le mot de [illegible] était [illegible]. Quand [illegible] [illegible], il [illegible] la [illegible] [illegible] de la [illegible] [illegible] [illegible] [illegible] [illegible] [illegible] [illegible] [illegible] [illegible] [illegible] [illegible] [illegible] [illegible] [illegible] [illegible] [illegible] [illegible] [illegible] de [illegible] [illegible].

Il [illegible] [illegible] [illegible] [illegible] [illegible] [illegible] [illegible] [illegible] [illegible] [illegible] [illegible] de la [illegible] [illegible] [illegible] [illegible] [illegible] [illegible] [illegible] [illegible] [illegible] [illegible] [illegible] [illegible] [illegible] [illegible] [illegible] [illegible] avant de [illegible] [illegible] une [illegible] [illegible].

Mamoun tenait à se rendre chez Amédé Pontavon. En cela il ne faisait que céder à une impulsion confuse, au besoin de fuir l'ambiance [illegible] de la présence de Satan. Il éprouvait le besoin de se livrer à quelqu'un. Il avait besoin que lui, un être humain dans toute sa faiblesse [illegible] [illegible] Pontavon correspondait parfaitement à cette définition. [illegible] [illegible] Il [illegible] [illegible] [illegible] dans [illegible] [illegible] [illegible] [illegible] [illegible] [illegible] [illegible] [illegible] [illegible] [illegible] [illegible] [illegible] [illegible] par la [illegible] [illegible] pour qu'elle n'ait pas [illegible] le temps d'[illegible] son stock de marchandises, très [illegible] [illegible] la boutique, le cœur étreint d'appréhension. Levant le bras, il cogna contre le rideau de fer protégeant la vitrine. Dans le silence nocturne, le bruit prit des proportions énormes. Au bout d'une minute, une voix terrible [illegible] de s'identifier. Il obéit. La jeune femme vint enfin lui ouvrir. Elle était pieds

8

Caine s'engagea sous les arcades de la galerie marchande. Il n'avait rencontré personne au cours de sa déambulation. Seul un chien l'avait suivi une minute durant, avant de lui préférer une poubelle renversée.

Maintenant il se rendait chez Angela Potrezzo. En cela il ne faisait qu'obéir à une impulsion confuse, au besoin de fuir l'ambiance morbide de la maison de Súna. Il éprouvait le besoin de se frotter à quelqu'un d'aussi désarmé que lui, à un être humain dans toute sa faiblesse. Angela Potrezzo correspondait parfaitement à cette définition. À son contact, il sombrerait définitivement dans la peur panique ou réagirait favorablement selon le vieux principe homéopathique du mal par le mal. Il pria pour qu'elle n'ait pas levé le camp en abandonnant son stock de marchandises, et s'immobilisa devant la boutique, le cœur étreint d'appréhension. Levant le bras, il cogna contre le rideau de fer protégeant la vitrine. Dans le silence nocturne, le bruit creux prit des proportions énormes. Au bout d'une minute, une voix terrifiée lui demanda de s'identifier. Il obéit. La jeune femme vint enfin lui ouvrir. Elle était pieds nus, drapée dans un trench-coat, les cheveux en désordre et les yeux mal démaquillés.

– Vous êtes fou ! chuinta-t-elle, qu'est-ce que vous faites dans les rues à cette heure ? En quoi êtes-vous déguisé ? Vous voulez vous faire tirer dessus ?

Il avait préparé une histoire de barque renversée, de vêtements prêtés par un pêcheur. Ce n'était pas entièrement faux.

– Je ne savais pas où aller, conclut-il. Je ne connais que vous.

Elle haussa les épaules.

– Vous auriez pu aller n'importe où, ironisa-t-elle. Les immeubles ne manquent pas d'appartements vides !

– Je n'avais pas envie d'être seul.

Elle cilla, et il sut qu'il avait touché la corde sensible. Elle non plus, de toute évidence, ne tenait pas à rester seule.

– Entrez, fit-elle simplement.

Il se baissa, passa sous le rideau de fer qu'elle s'empressa de rabattre et de verrouiller. Tout de suite il vit les sacs de sable qui tapissaient les cloisons et montaient le long des vitrines à l'assaut du plafond. On les avait entassés en couches multiples, et l'épaisseur de ce rempart réduisait considérablement l'espace intérieur de la pièce. Il se dégageait de cette muraille à la fois dure et molle un relent d'iode et de varech.

– C'est à cause des projectiles perforants, s'excusa la jeune femme. On dit qu'ils peuvent traverser un immeuble dans toute son épaisseur…

Quand j'entends le moteur des voitures de patrouille, je cours m'allonger dans la baignoire. C'est ridicule, non ?

– J'avais peur que vous soyez partie, lâcha Caine.

Elle eut une exclamation désabusée.

– Toute ma fortune est ici, en soieries achetées sur Rodeo Drive et il n'y a aucun avion-taxi qui accepte de charger des caisses ou des meubles. Je m'accroche. En tremblant, mais je m'accroche. Je me répète que tout va s'arranger dès que la milice aura tué cette Miss O du Diable. Et vous ? On m'a dit que vous vous occupiez de littérature ? J'ai rencontré le professeur Cazinsky tout au début, quand j'ai ouvert la boutique. Il était venu acheter de la lingerie fine en compagnie d'une jeune femme. C'était au temps où tout allait encore bien.

« Súna », pensa machinalement Caine. Ils montèrent au premier. Partout les sacs de jute érigeaient leurs montagnes brunes, mangeant l'espace. Le studio avait maintenant l'allure d'un couloir de tranchée, du sable avait coulé par quelque déchirure, saupoudrant la moquette d'une pellicule crissante où se mêlaient des débris de coquillages. Caine lutta contre un bref sentiment de claustrophobie. Les caisses de vêtements empilées, le matelas posé à même le sol achevaient de conférer au lieu un aspect de camp retranché ou d'abri antiaérien.

– Ces sacs, interrogea le romancier, c'est vous qui… ?

Angela secoua négativement la tête.

– Non, toute seule je n'aurais jamais pu. Mais c'est devenu une nouvelle sorte d'artisanat. Pour une somme abordable on loue les services d'une équipe d'ouvriers qui tapissent votre appartement en deux ou trois jours… Ils fournissent les sacs, le sable est gratuit, le reste est une affaire de sueur… Vous buvez quelque chose ?

Caine accepta et se laissa choir sur la moquette, près de la fenêtre, le dos contre le rempart. Angela éteignit la lumière et revint, porteuse d'une bouteille d'ouzo et de deux verres.

– On vous a dit qu'il n'y avait plus que mille habitants à Carmino ? murmura-t-elle. Proportionnellement, on pourrait comparer ça à un building dont seuls les trois derniers étages seraient occupés.

Elle posa un verre rempli à ras bord dans la main de son interlocuteur. Son imperméable s'était ouvert, dessous elle ne portait qu'un tee-shirt jaune et un string. Elle ne fit rien pour se rajuster.

– Et votre île ? s'enquit-elle, c'est habitable ?

– Non, et de toute manière la mine vient de l'acheter. Je dois vider les lieux avant quatre jours avec toute la paperasse de mon ancien prof de fac.

– C'est important pour vous ?

– Oui, si je peux la monnayer à mon retour aux États-Unis, mentit Caine. Les éditeurs auront fatalement besoin de moi pour débrouiller l'écheveau. Mais certains dossiers sont incomplets, je dois combler les trous au plus vite. À propos, est-ce que ce schéma vous dit quelque chose ?

Il avait tiré d'entre les pages de son passeport le feuillet manuscrit de l'ancien maître de Casamuerta. C'était une tentative sans grand espoir, mais il se devait de ne rien laisser passer. Angela examina le papier dans le halo de lumière que le réverbère planté sur le trottoir, juste en face de l'immeuble, déversait dans la chambre. Elle fit la moue.

– On dirait une carte, observa-t-elle platement, la découpe d'une côte éclairée par les rayons d'un phare… Non, je ne sais pas. En attendant, ça ne correspond pas à San-Carmino. Le port n'a pas du tout ce tracé, ni la côte… et il n'y a jamais eu de phare en pleine mer… Ce n'est pas un plan de la région, ça j'en suis certaine. C'est important ?

– Je n'en sais rien moi-même. Vous savez comment sont les historiens : des maniaques de l'archivage. Tout document doit être répertorié, classé… je ne veux pas qu'on m'accuse de négligence. Et puis c'est un autographe, si on savait ce qu'il représente il aurait plus de valeur encore.

– Ah oui, bien sûr.

Elle n'était que médiocrement intéressée. Pendant que Caine repliait le papier, Angela se débarrassa de son trench-coat et s'agenouilla, très cambrée, pour remplir une nouvelle fois les verres. Entre ses fesses, le string se réduisait à une simple lanière. Il n'était pas très difficile de deviner où elle voulait en venir. Brusquement, la rue fut illuminée par un embrasement dont la lueur verticale fulgura sur toute la hauteur des façades environnantes. Quelques chose brûlait à l'angle de l'avenue, une sorte de poteau ou de borne, dont le faîte était coiffé d'une couronne de flammes ronflantes. Des silhouettes fuyaient entre les arcades. Caine s'approcha de la fenêtre. Le brasier crépitait, illuminant le carrefour comme un bûcher.

– Qu'est-ce que c'est ? chuchota-t-il, baissant instinctivement la voix.

– Le gang des incendiaires de boîtes à lettres ! fit mollement la jeune femme. Ils opèrent chaque nuit ou presque. Parfois même dans la journée. Ils bourrent les boîtes de chiffons imbibés d'essence, craquent une allumette et s'enfuient dès le début du feu d'artifice.

– Mais pourquoi ?

– Pour détruire les éventuelles lettres de dénonciation qui pourraient s'y trouver ! San-Carmino a ressuscité les délices de la délation ! La peur de Miss O a réveillé les talents de dénonciateurs de nos concitoyens… Beaucoup écrivent à Parduras lui-même pour lui faire part de leurs soupçons, et ces lettres finissent invariablement entre les mains de la milice. On s'entre-dénonce avec ardeur. Je vous l'ai déjà dit, tout ça finira mal. Les gardes sont sur les dents. Au prochain attentat, ils n'hésiteront plus à organiser des rafles, à pratiquer des interrogatoires musclés. Et cette fois ils ne s'en tiendront plus aux pêcheurs ou aux Indiens, ils loucheront de notre côté. J'ai peur. Tout le monde a peur. Même les honnêtes gens.

Cette fois elle se jeta contre la poitrine du romancier, ne laissant subsister aucune équivoque. En quelques secondes elle se dépouilla de son tee-shirt et de son string. Ses mains, que l'angoisse rendait moites, rampèrent sous la vaste chemise de Caine. Il ne pouvait plus reculer.

Ils firent l'amour sur la moquette sablonneuse, entre les haies de sacs de sable, s'écorchant la peau aux débris de coquillages saupoudrant le tapis. La lueur du brasier jetait sur leurs corps en sueur des reflets mouvants. Caine ahanait entre les cuisses d'Angela Potrezzo, la clouant sur le sol à grands coups de reins mécaniques en une étreinte maladroite et parfois douloureuse. Il avait l'impression de copuler au fond d'une tranchée au milieu d'un champ de bataille ravagé par un ouragan de feu. Cette analogie anesthésiait en lui tout plaisir. Son sexe n'était plus qu'un cylindre de caoutchouc insensible, une pièce rapportée, un outil vissé au bas de son pubis. Il ne tirait de cette succession de chocs ni plaisir ni douleur… Angela jouit bruyamment au moment même où la boîte incendiée jetait ses derniers feux. Ils roulèrent côte à côte, et leurs peaux trempées adhérèrent aussitôt comme si on les avait enduites d'une colle gluante et salée. Caine resta longtemps les yeux fixés au plafond, dans l'odeur de varech qui montait des sacs et du sexe de sa compagne. Il attendait que l'outil dressé entre ses jambes daigne enfin se replier pour lui laisser licence de basculer dans le sommeil. Lorsque cela se produisit enfin, il se jeta dans les ténèbres de l'anéantissement avec volupté.

⁂

Il fut réveillé au petit jour par un inexplicable sentiment d'euphorie, comme si les heures d'inconscience qu'il venait de connaître avaient suffi à élucider toutes les énigmes, balayer tous les problèmes. Il se redressa en prenant soin de ne pas toucher Angela qui dormait sur le dos en gémissant par à-coups, les paumes comiquement plaquées sur les seins, et tâtonna au long des sacs pour trouver la salle de bains. Une phrase se dégagea soudain des brumes noyant son esprit : « On dirait une carte, la découpe d'une côte éclairée par les rayons d'un phare, mais ça ne correspond pas à San-Carmino car le port n'a pas du tout ce tracé. »

Oui, c'était à peu près ce que la jeune femme avait déclaré la veille, et il avait maintenant la certitude que la solution se trouvait bel et bien dans ces quelques mots… Il se glissa sous la douche, lava son corps incrusté de grains de sable. Il eut soudain l'illumination qu'il espérait tant, et coupa l'arrivée d'eau. Herr Von avait dessiné ce plan cinquante ans auparavant. À cette époque l'aspect du port devait être bien sûr très différent de l'agencement actuel des quais ! On était passé d'un petit môle utilisé par les pêcheurs à un véritable port de plaisance conçu pour l'amarrage des bateaux de luxe, et faits de bassins successifs. Les promoteurs de San-Carmino avaient véritablement remodelé le littoral sur toute la longueur de la ville, allant jusqu'à créer des plages artificielles là où il n'y avait jadis que des amoncellements de caillasse. Ainsi la chirurgie esthétique des architectes avait dessiné de nouvelles courbes, rendant caduc le plan tracé par Arturo Aguilados !

Caine se mit à trembler d'excitation. Maintenant il lui fallait trouver un plan d'époque pour y superposer ce qui n'était probablement qu'un calque… et lire la solution du mystère ! Il eut envie de secouer Angela. Où pourrait-il se procurer une carte vieille de cinquante ans, et à l'échelle convenable, dans cette ville fantôme où la moitié des boutiques étaient aujourd'hui fermées ? Il s'essuya mécaniquement. La tête lui tournait. Il réintégra le salon transformé en couloir par l'épaisseur des remparts de sacs, et s'habilla en hâte.

Cette fois Angela se réveilla. Elle avait les yeux cernés et la bouche molle. Il n'écouta pas un mot de ce qu'elle disait, tout occupé qu'il était à fouiller dans sa mémoire, mais il était d'ores et déjà certain que les archives de Cazinsky ne contenaient aucune carte ancienne. Alors ? Le cadastre ? Non, il risquait d'éveiller l'attention... Une bibliothèque ? Un éventuel musée consacré à l'histoire de la ville ? Mais tous ces services fonctionnaient-ils encore ?

– Tu ne peux pas rester habillé comme ça, observa Angela qui sortait de la salle de bains en se frictionnant à l'aide d'une gigantesque serviette-éponge, il faut aller t'acheter un autre costume.

– Mais nous ne sommes donc pas dans un magasin de vêtements ? s'étonna-t-il, agacé.

– De vêtements, oui, rectifia Angela, mais de vêtements féminins. Je veux bien te dépanner, mon chou, mais tu aurais l'air d'un travelo !

Il haussa les épaules, peu concerné par le problème.

– Toi qui es commerçante, attaqua-t-il, tu ne sais pas où je pourrais trouver des cartes anciennes ?

– Anciennes ? Tu veux dire des antiquités, des parchemins ?

– Non, des relevés datant de la Seconde Guerre mondiale, au plus tard.

– Alors ce n'est pas de l'antiquité, c'est de la brocante.

Elle parut réfléchir, mais il était visible que cet effort l'ennuyait.

– C'est important ? bâilla-t-elle. C'est encore pour ta documentation ? Je ne sais pas... Peut-être au syndicat d'initiative ? Je crois qu'il y avait une section consacrée à l'histoire de San-Carmino. Une sorte de petite bibliothèque spécialisée. De vieilles estampes, des photos. Mais les bureaux sont fermés depuis le début des troubles. Tu veux du café ?

Il hocha la tête, l'esprit ailleurs, échafaudant mille stratagèmes pour pénétrer à l'intérieur de l'office du tourisme aujourd'hui abandonné. Il but et mangea en état second. Il réalisa enfin que la jeune femme avait enfilé un tailleur blanc et des souliers à hauts talons. Elle s'était maquillée, estompant les cernes soulignant ses yeux.

– Je vais à l'aéroport, expliqua-t-elle. J'y vais tous les jours. On ne sait jamais, si je pouvais me mettre d'accord avec un pilote qui accepterait du fret. Mais je n'ai pas tellement d'argent, je ne peux pas me mesurer aux gros bourgeois qui rapatrient leurs collections. La surenchère grimpe vite et on est rapidement dépassé. Tu devrais y songer, ça te concerne aussi. Pense à ta fichue documentation ! Sans bakchich on n'a droit qu'à une seule valise, la paperasse de ton prof y tiendra-t-elle ?

Pour l'heure, Caine se moquait totalement des dossiers de Cazinsky. Il n'avait plus qu'une idée : mettre la main sur une carte du vieux San-Carmino et y transcrire les données du calque ! Marmonnant un vague assentiment, il suivit la jeune femme. Dès qu'elle eut rabattu le rideau de fer, la chaleur les incinéra sur place.

– Tu viens à l'aéroport ? s'enquit Angela. Non, bien sûr, tu préfères t'occuper de ton histoire de carte… Tu perds du temps, enfin ça te regarde.

Et elle s'éloigna d'un pas pressé. Ses talons aiguilles creusaient des petits trous dans le goudron ramolli.

Caine s'orienta grâce au panneau topographique planté au centre de la place, à quelques mètres de la boîte à lettres incendiée dont les flammes avaient gauchi les formes, leur donnant une curieuse allure d'accordéon métallique. Il ne mit pas longtemps à localiser le syndicat d'initiative et plongea à l'abri des arcades. Il n'avait aucune idée de ce qu'il allait faire. Entrer par effraction probablement ? Le reste serait une affaire de chance.

L'office du tourisme dressait son bâtiment cubique au centre d'un petit jardin dont la végétation n'avait pas tardé à redevenir sauvage. Comme partout ailleurs, la moisissure avait tendu son rideau moutonneux sur les vitres des baies. Caine escalada les cinq marches du perron et s'engagea entre les colonnes encadrant la porte. Cette dernière était verrouillée, bien sûr, mais dans leur hâte de quitter les lieux, aucun des fonctionnaires de l'office n'avait pris le temps de fermer les volets. Contournant le bâtiment, Caine découvrit presque immédiatement plusieurs carreaux brisés. Essuyant ses paumes humides sur sa chemise, il se hissa sur le rebord, passa la main dans le trou et tourna la poignée. Deux secondes plus tard, il posait le pied dans une salle obscure jonchée de prospectus et d'excréments. Un singe trônait sur une machine à écrire rouillée. En apercevant Caine, il poussa un cri aigu, claqua des dents et lui jeta au visage un gros volume broché dont la reliure pourrie se déchira. Le romancier leva instinctivement les mains pour se protéger, mais l'animal prit la fuite.

L'odeur, à l'intérieur du bâtiment, était épouvantable. Des flaques d'urine avaient dessiné des cartes de géographie fantaisistes sur la moquette. Il était évident que le syndicat d'initiative avait été colonisé par la faune voisine à peine la clef glissée sous la porte. Caine ne voulait pas s'attarder. Il contourna les tourniquets chargés de brochures défraîchies et s'engagea dans un couloir surplombé du panneau « Bibliothèque ». Là, le spectacle était pire encore. Tous les livres avaient été jetés à bas des rayons et trois singes roux, tranquillement installés sur leur cul pelé, en arrachaient les pages, effeuillant les chapitres comme s'il s'agissait de pétales de marguerites. Ils bombardèrent l'intrus avec ces feuillets chiffonnés et finirent par se replier dans une autre pièce. Caine se laissa tomber à genoux au milieu du carnage, essayant d'isoler les ouvrages les plus anciens. Des excréments recouvraient la plupart des couvertures et l'odeur était celle d'une cage de zoo dont on n'aurait pas changé la litière depuis des mois. Quelques gros rongeurs zigzaguaient entre les volumes échoués. Caine procédait avec prudence, craignant par-dessus tout de débusquer un serpent lové derrière un dictionnaire. Il finit par trouver ce qu'il cherchait : une sorte de portulan datant du début du siècle et reproduisant le tracé de toutes les côtes environnantes. Au chapitre consacré à San-Carmino son cœur fit un bond dans sa poitrine. Il venait de reconnaître la ligne brisée reproduite sur le plan de Herr Von ! Ainsi son intuition ne l'avait pas trompé. Agenouillé au milieu des décombres de la bibliothèque et des déjections, il sortit le calque de sa poche et l'appliqua sur la page… L'échelle était identique. Arturo Aguilados s'était probablement servi du même livre pour tracer son plan énigmatique, mais sans doute s'agissait-il d'un ouvrage faisant autorité à l'époque ? Le cercle situé sous la découpe accidentée du port de pêche correspondait à l'emplacement de l'île de Casamuerta ! Les trois lignes A, B, C, qui en partaient, aboutissaient en pleine ville sur trois places différentes : la place San-Miguel, la place Andromeo, la place Cortamone…

Caine ruisselait de sueur. Maîtrisant à grand-peine le tremblement de ses mains, il arracha la page correspondante, la plia en quatre et la glissa dans sa poche en même temps que le calque. Déjà, les singes, enhardis par son manque d'agressivité, revenaient à la charge en lui montrant ostensiblement leurs parties génitales, ce qui, dans leur langage, équivalait à un défi. Il battit en retraite, le cœur frôlant les cent quatre-vingts pulsations/minute.

Dès qu'il fut sorti de la bâtisse, il se laissa tomber sur un banc, torturé par l'excitation et la peur.

La peur de n'étreindre encore qu'un fantôme de solution.

Ces trois places, en effet, qu'étaient-elles devenues ?

L'urbanisation du nouveau San-Carmino ne les avait-elle pas gommées de la carte toute neuve de la cité ? Tout était possible. On avait pu les recouvrir de béton, les ensevelir sous les cinquante étages d'un building, les…

Il suffoqua de chaleur, d'angoisse et de fatigue. San-Miguel, Androméo, Cortamone. Les trois noms se répercutaient en échos douloureux sous son crâne. Le trésor était là, probablement réparti en trois masses égales parce que trop volumineux pour tenir en un seul lieu. Il fallait qu'il vérifie à l'instant même que les places ne s'étaient pas envolées. Il se redressa, courut presque jusqu'au panneau indicateur qui lui avait permis de localiser le syndicat d'initiative. Sa vue se brouillait, il dut s'y reprendre à deux fois pour tenter de superposer mentalement la physionomie du nouveau San-Carmino à la bourgade du début du siècle dont il avait la représentation entre les mains. Enfin, grâce à l'index alphabétique, il put s'assurer que les lieux désignés par le schéma de Herr Von existaient encore.

Cette révélation le laissa brisé, comme au sortir d'une joute. Le soleil lui dévorait la peau, il avait la sensation que ses vêtements allaient s'enflammer d'une seconde à l'autre, le changeant en torche vivante. San-Miguel, Andromeo, Cortamone… Elles avaient survécu après tout ce temps, mystérieusement préservées des bouleversements architecturaux qui avaient dévasté la cité au cours des dix dernières années. C'était presque incroyable.

Caine chercha une fois de plus à s'orienter. Le plus proche des trois pôles d'attraction était la place Cortamone, que le dessin de Herr Von situait à l'extrémité de la ligne C en provenance de Casamuerta. Le romancier reprit sa déambulation au long des rues désertes. De temps à autre il croisait un septuagénaire portant le canotier ou le casque colonial, mais la plupart des avenues n'offraient qu'une perspective vide et surchauffée. Il devait faire un réel effort pour ne pas courir. Le goudron ramolli des trottoirs collait à ses semelles comme pour l'empêcher d'avancer vers la solution. Une veine gonflée battait contre sa tempe. Lorsqu'il déboucha enfin sur la place Cortamone, son regard accrocha tout de suite l'étrange monument qui en marquait le centre et il sut qu'il n'aurait pas à s'épuiser en vaines recherches. C'était un piédestal de marbre noir, un cube aux arêtes émoussées qui s'élevait à près de cinq mètres au-dessus du sol. Il était surmonté d'une sculpture de bronze représentant un iguane dressé sur ses pattes postérieures et occupé à dévorer à belles dents la moitié d'un grand astre flamboyant. L'œuvre, traitée dans le plus pur style baroque, produisait un effet sinistre. Les rayons du soleil mouraient à sa surface sans parvenir à y allumer le moindre reflet. Caine en fit le tour. Des plaques boulonnées recouvraient çà et là le socle, à la manière des pièces d'une armure. Elles racontaient en quatre épisodes la légende de Cachapango, le roi du soleil. La narration reproduisait mot pour mot le récit que Caine avait pu lire dans la mince plaquette folklorique léguée par Cazinsky.

Au bas du bloc, une signature incompréhensible s'étirait, creusée dans la pierre, suivie d'une date : 1944. Un petit panneau métallique beaucoup plus récent précisait que la statue était l'œuvre d'un artiste local aujourd'hui décédé, et qu'elle avait été classée monument historique. Caine sourit : voilà pourquoi elle avait survécu aux bouleversements architecturaux de San-Carmino ! Un décret administratif l'avait rendue intouchable ! Et il en allait certainement de même pour ses sœurs. Il décida de ne pas s'attarder et d'examiner au plus vite les deux autres statues. À cette occasion il s'aperçut qu'elles avaient été disposées à travers la ville de façon à former un triangle isocèle dont la pointe se tournait vers l'île de Casamuerta.

Son épuisante déambulation lui fit découvrir deux autres monuments aux piédestaux identiques mais coiffés de sculptures chaque fois différentes. La première représentait Cachapango essayant d'attraper une étoile filante et se faisant mordre par l'iguane cosmique. La seconde, le même Cachapango dévoré par la cicatrice vivante et se tranchant le bras à l'aide d'une machette. Toutes ces œuvres avaient été traitées dans un style flamboyant et morbide, mais au talent incontestable. Perplexe, Caine se préparait à battre en retraite quand il avisa, au ras du sol, une inscription à demi illisible qu'on avait visiblement tenté d'effacer à coups de burin :

La légende de Cachapango, triptyque de Molinas Molinero. Don gracieux d'Arturo Aguilados y Portozas y Cabreron à la ville de San-Carmino. 1944.

Un frisson lui hérissa le poil sur la nuque. Ainsi toutes ces statues avaient été commandées par Herr Von lui-même. Les trois monuments avaient été implantés au cœur de la ville pour répondre à son caprice. N'étaient-elles que des leurres ? Déjà Caine imaginait des statues d'or dissimulées sous une mince pellicule de bronze, des piédestaux faits d'un entassement de lingots recouverts de dalles de marbre. Il tituba, il avait la tête bouillante. Depuis des heures il marchait en plein soleil. Sa langue n'était plus qu'une limace cartonneuse. Il se sentait écrasé de fatigue, liquéfié. Maintenant, il lui fallait rentrer, prendre une douche, se réhydrater et réfléchir. De toute manière il ne pouvait rien faire en plein jour sous la surveillance des patrouilles. Il lui fallait attendre la nuit. À la faveur de l'obscurité il essaierait de sonder l'un ou l'autre des monuments, même de décaper une statue pour voir si, sous sa peau verdie, ne se cachait pas la pulpe dorée de l'ancien butin nazi. Il reprit le chemin du centre commercial.

Une mauvaise surprise l'attendait toutefois au bout du long tunnel d'arcades. Non seulement Angela n'était pas rentrée, mais quelqu'un s'était amusé à dessiner trois cercles à la craie sur le rideau de fer verrouillé. Les trois cercles de Miss O…

Immédiatement il songea à Súna. Par cette blague idiote, elle essayait probablement de lui faire comprendre qu'elle connaissait sa cachette. Il haussa les épaules, cracha sur la tôle et essuya le dessin avec sa manche. Il ne tenait pas à ce qu'Angela devienne hystérique en l'apercevant. Mais peut-être était-ce justement ce que Súna avait escompté ? Effrayer suffisamment la commerçante pour qu'elle prenne la fuite et jette Caine à la rue ?

Il s'assit, le dos contre l'un des piliers rosâtres bordant la galerie marchande. Malgré la fatigue il se sentait bien. Le dénouement approchait. Beaucoup de choses demeuraient encore dans l'ombre, mais Cazinsky avait vu juste. Herr Von avait bel et bien caché un trésor, non pas sur l'île, dans la maison-bunker, comme tout le monde l'avait cru, mais en plein San-Carmino, *au milieu de la foule !* Oui, en s'inspirant du vieux principe d'Edgar Poe, il avait dissimulé son butin bien en évidence : sur une place publique ! Mieux encore, sur *trois* places publiques ! Maintenant qu'il touchait au but, Caine savait qu'il lui fallait être prudent. Súna ne se laisserait pas berner, et de toute manière il aurait besoin de complices efficaces pour sortir le trésor du cul-de-sac qu'était devenu San-Carmino. C'est peut-être là qu'interviendrait Nuco, l'ancien pilote d'hélicoptère…

Il avait mal à la tête et se sentait fiévreux. Une seconde, il eut peur d'avoir attrapé une insolation. Angela apparut enfin au bout de l'avenue. La sueur avait liquéfié son maquillage et son tailleur était parsemé de larges auréoles de transpiration. Elle paraissait épuisée. Elle lui adressa un vague signe, puis, une fois sous les arcades, ouvrit le rideau de fer sans proférer un mot.

Un peu plus tard, alors qu'ils se savonnaient tous deux sous la douche, elle eut une crise de sanglots nerveux qui lui secoua les épaules et fit s'entrechoquer ses seins trop lourds. Caine coupa l'arrivée d'eau, l'enveloppa approximativement dans une sortie de bain et l'entraîna dans le studio. La jeune femme s'écroula sur le matelas aux draps saccagés.

– J'ai baisé avec l'un des pilotes, geignit-elle. Je me suis fait sauter dans un hangar, comme une pute, en espérant qu'il accepterait de charger mon stock. Quelle conne ! Ce salaud m'a virée en me jetant ma culotte à la figure… Il riait ! Il m'a dit : « La dernière que je me suis faite, c'était pas plus tard que ce matin, sur un sac de maïs. Elle voulait qu'on lui embarque son piano ! Un piano, et pourquoi pas un autobus ? »

Elle se roula en chien de fusil, tournant le dos au romancier. Caine choisit de s'allonger sur la moquette. Il ne se sentait aucune vocation de consolateur. Il avait d'autres sujets de préoccupation. Il lui fallait ausculter sans tarder l'un des trois monuments dédiés à la légende de Cachapango. Pour cela il devait rassembler quelques outils et tenter une expédition nocturne. C'était cela le plus dangereux. Il n'était pas impossible qu'il croise une voiture de patrouille, voire une automitrailleuse. Dans ce cas, il risquait fort de se faire fusiller sans sommation, mais l'éventualité d'une confrontation avec les miliciens de Parduras ne parvenait pas à réfréner sa soif d'or. Maintenant qu'il touchait au but, plus rien ne pourrait l'arrêter. Profitant de ce qu'Angela s'enfonçait dans sa prostration, il descendit à la cave pour rassembler quelques outils et une lampe-torche qu'il entassa dans une musette de toile. Cette besogne accomplie, il remonta, but un verre de *tequila* dans l'espoir de s'assommer et de parvenir à dormir en attendant la nuit. Il y réussit parfaitement.

⁂

Dès que le soleil fut couché, il s'embusqua au rez-de-chaussée et tendit l'oreille. Il avait déverrouillé le rideau de fer en le relevant juste assez pour autoriser une sortie à quatre pattes. Le silence fut troublé à deux reprises par le passage de véhicules lourds roulant au ralenti, puis tout redevint calme. Angela dormait, abrutie par l'alcool et les calmants. Caine attendit que sonnent deux heures, puis sortit en rampant, sa musette sur les reins. Il se sentait un peu idiot avec ses vêtements trop grands et sa trousse de cambrioleur, mais il restait assez lucide pour savoir qu'il ne participait pas à un jeu. Les balles des patrouilleurs seraient bien réelles et il ne pourrait se dissimuler derrière aucun sac de sable pour les éviter, contrairement aux derniers habitants de San-Carmino retranchés en ce moment même dans leurs appartements-forteresses.

Il atteignit la place Cortamone par sauts successifs, mettant à profit les halls déserts des immeubles abandonnés. Sous la lune, la statue brillait d'un éclat huileux tel le corps d'un lutteur qui se prépare à entrer dans l'arène. Caine traversa la place pour se plaquer contre le cube du monument. Désormais il fallait aller très vite. Le piédestal était encore chaud de la cuisson du soleil. Caine sentait la tiédeur du marbre sous ses paumes. Se décidant enfin, il saisit un marteau et un ciseau dans son sac, se hissa sur le socle et frappa la statue avec la volonté de l'entamer profondément. Mais l'entaille qu'il ouvrit ne s'entrebâilla sur aucune étincelle dorée…

Il lui sembla que le bruit avait été énorme. Il leva les yeux. Tout autour de la place les immeubles étaient aveugles, vides depuis plusieurs mois déjà. Encouragé par cette constatation, il balafra à nouveau la sculpture en trois endroits, sans plus de succès. Il sauta à terre, déçu et furieux. Il ne lui restait plus qu'une unique chance : le piédestal. L'entrée aux profondeurs du cube ne pouvait logiquement se trouver dissimulée que sous l'une des plaques commémoratives vissées sur chacune des quatre faces. Il se saisit d'un outil et attaqua les grosses vis ternies par le temps. Leur aspect vaguement doré lui donnait l'impression d'être en train de déboulonner le couvercle d'un cercueil. La sueur l'inondait de la tête aux pieds. Son cœur battait dans ses oreilles, jouant du tambour sur ses tympans, le rendant sourd à tout autre bruit.

La première plaque se détacha, ne dévoilant qu'un pan de pierre grisâtre où s'étaient accumulées la moisissure et les scolopendres. Caine avait les mains douloureuses. Il attaqua sans transition la seconde face. La rage l'habitait à présent. Il détestait le piédestal au point de se découvrir des pulsions de vandalisme ; il se moquait des patrouilles, du danger. Désormais le cube était son ennemi, la personnification même d'Arturo Aguilados… et il devait le vaincre.

La seconde plaque dégringola et se fêla en touchant le sol, ne révélant qu'un carré moussu où couraient des mille-pattes. Caine réprima un juron. Ses doigts le brûlaient, le manche de l'outil irritait ses paumes comme si on l'avait chauffé au rouge. Il s'en prit à l'avant-dernière stèle. Tout de suite, il devina à la sonorité creuse qu'il touchait au but. Cette fois, lorsque le carré de marbre glissa, ce fut pour dévoiler un trou de soixante-dix centimètres de côté. Une sorte de conduit rempli de toiles d'araignée qui s'enfonçait au cœur du cube, en diagonale, vers une cavité située sous la chaussée, dans les fondations du monument. Caine retint son souffle. Jetant le rayon de la lampe-torche dans le conduit, il eut la certitude d'être en train de lorgner à l'intérieur d'un caveau. Un bruit lointain – peut-être celui de la voiture de patrouille ? – le décida. Il lança la musette dans le boyau, y engagea les pieds et se laissa glisser le long de la pente comme un gosse sur un toboggan. Il se reçut durement ; la torche malmenée éclaira un amoncellement de coffrets de bois entassés les uns sur les autres. Il y en avait plusieurs centaines car la cavité avait les dimensions d'un caveau princier. L'odeur de moisissure était insupportable mais Caine ne la sentit même pas. Il ne voyait que les caisses dans le tremblotement de la lampe électrique. Plus loin il avisa des lingots grisâtres portant l'inscription *R.MI.43.* Il haletait. Se redressant d'un coup de reins, il tendit la main vers les caissons dont la forme rappelait très exactement celle des conteneurs que les banques utilisent pour le transport des lingots d'or…

Puis il s'immobilisa, pétrifié. Des souvenirs de lecture défilèrent en flashes fulgurants dans sa mémoire. Des photos, des images… Effleurant les caissons du bout des doigts sans même s'en rendre compte, il murmura : « *Holzmine 42…* »

Oui, c'était cela. *Ce n'était que cela…*

Des mines de bois antichars fabriquées par les Allemands pour déjouer les détecteurs magnétiques ! Chacune contenait 5 kilos d'amatolite. Les lingots gris, dans le fond, ne pouvaient être dans ce cas que des mines *Rigel* à allumeurs multiples fonctionnant par pression, traction ou cisaillement.

Il était atterré. La caverne d'Ali-Baba se muait en arsenal. Il s'écarta en frissonnant. Ses dents claquaient. Victime de la réaction nerveuse, il recula, et son dos toucha le mur gris de salpêtre. Il y avait là de quoi faire sauter tout le quartier. Des tonnes de mort violente dormant du sommeil de l'oubli. Ainsi Herr Von avait fourré chacun de ses monuments avec assez de poudre en conserve pour carboniser cinq ou six pâtés de maisons. Mais dans quel but ? Et pourquoi avoir enterré cet arsenal ? Caine se passa la main sur le visage, l'humidité du caveau lui pénétrait les os. Il devait partir, fuir ce trésor dérisoire et mortel. Cédant à un début de panique, il se rua vers le conduit d'accès, oubliant sa musette. Puis il se ressaisit, ramassa ses outils, et s'aidant des pieds et des mains, se hissa vers la surface.

Des bombes déguisées en statues de bronze ! Herr Von avait parsemé la ville de monuments piégés ! Comble d'ironie, une armée de promoteurs avaient bâti une cité balnéaire sur ce sous-sol empoisonné ! San-Carmino avait poussé sur des racines vénéneuses, des racines de mort ! La ville de détente et de plaisir avait été érigée sur un champ de mines…

Caine émergea à l'air libre, le visage englué de toiles d'araignée. Malgré son désir de fuite, il prit le temps de revisser les plaques de marbre. Il ne savait plus que penser. Était-ce là tout le trésor du faux aryen, ou bien s'était-il égaré, lui, Oswald Caine, sur une fausse piste ? C'était plus que possible car le plan subtilisé par Cazinsky contenait encore de nombreuses interrogations… Notamment ces lignes répertoriées, ces suites de chiffres. Alors ?

Les mains en sang, il jeta la musette sur son épaule et traversa la place en diagonale pour aller se dissimuler sous un porche. Il avait besoin de souffler. Il savait qu'il était inutile de sonder les deux autres monuments. Herr Von s'était amusé à doter de cadeaux empoisonnés la cité qui le haïssait. Il lui avait suffi pour cela d'une livraison de ses amis nazis, d'une poignée d'Indios analphabètes dont il s'était ensuite facilement débarrassés. Mais existait-il seulement un vrai trésor quelque part ? L'histoire de Herr Von n'était-elle qu'une suite de mirages ?

Quand il eut quelque peu récupéré, il se lança dans le couloir d'obscurité des arcades et remonta la galerie marchande jusqu'à la boutique d'Angela Potrezzo. Abruti de fatigue, il rampa sous le rideau de fer entrebâillé et referma la porte. Il y avait de la lumière au premier étage, la jeune femme était donc réveillée. Pour couper court aux explications, il jeta la musette derrière un carton de soutiens-gorge et monta en s'essuyant les mains sur le fond de son pantalon. En haut des marches il s'immobilisa. Angela Potrezzo reposait, nue, écartelée entre les sacs de sable. Les cigarettes qu'on lui avait écrasées sur la poitrine avaient dessiné trois grosses cloques entre ses seins…

Un O, en morse.

On lui avait également tranché la gorge.

[illegible] derrière un carton de [illegible] posé [illegible] ses mains sur le bord de son [illegible]. En haut des marches [illegible] Angela [illegible] répondit, [illegible] écartelée entre les [illegible] de table. Les [illegible] qu'on lui avait [illegible] qui la [illegible] des [illegible] trois grosses [illegible] entre les [illegible]

Un O en moins.

Le jeu avait également tranché la gorge

[illegible]

9

L'assassin avait essuyé le fil de sa lame sur la joue gonflée d'un sac de jute. La toile s'était déchirée sous cette morsure, laissant pleuvoir une averse de sable doré qui buvait maintenant l'hémorragie comme l'auraient fait deux ou trois pelletées de sciure. Caine haleta. La secousse de la surprise se transforma en spasmes et il fut pris d'une crise d'aérophagie totalement incongrue. Rotant comme un ivrogne, il se cramponna au chambranle. Il se demanda si Angela Potrezzo n'avait pas été tuée durant son sommeil car son visage ne trahissait aucune épouvante.

Il s'avança, au ralenti, sans parvenir à s'imprégner de la réalité de la scène. Les choses allaient décidément trop vite, et par-dessus tout la mort de la jeune femme lui semblait absurde, injustifiable... En quoi l'assassinat d'une marchande de petites culottes servait-elle la cause révolutionnaire ?

Un bruit ténu, dans son dos, le fit sursauter. Cette fois il eut réellement peur. Une silhouette casquée et gainée de cuir se tenait sur le seuil de la salle de bains. Le casque de motard à visière antireflet lui masquait totalement le visage. La combinaison de cuir noir, elle, bâillait sur la peau nue du torse, fermeture Éclair ouverte jusqu'au sternum. Dans ce triangle offert, on devinait l'amorce de deux seins bronzés et – dans la vallée les séparant – trois grains de beauté à l'alignement parfait. La femme tenait un poignard de plongée dans la main droite. Du sang en souillait encore la garde. Caine recula en titubant mais se heurta tout de suite au rempart de sacs. Alors, avec des gestes très lents, Miss O ôta le casque à visière Polaroïd. Le visage de Súna apparut dans la lumière, brillant de sueur. C'est le moment que choisit Nuco pour sortir du cabinet de toilette. Caine tomba assis sur ses talons.

– Mais…, balbutia-t-il, totalement désorienté.

– Tu ne te doutais de rien ? demanda Súna d'un ton monocorde. Nuco a pourtant essayé de te mettre en garde à plusieurs reprises. Mais tu n'écoutes personne. Qu'est-ce que tu faisais avec cette poule ? Nuco me dit que vous êtes arrivés ensemble à San-Carmino, qu'il t'a vu venir ici et qu'elle se rendait tous les jours à l'aéroport pour obtenir l'autorisation de charger du fret… C'était ta complice ? Tu comptais sur elle pour sortir le trésor de Carmino ? Hein ? L'or dissimulé au milieu des slips et des soutiens-gorge, c'est ça ? Tu nous as fait marcher depuis le début ! Salaud ! Tu sais où est caché le trésor… Tu le sais depuis longtemps ! Où étais-tu ce soir ? Tu es sale comme si tu sortais d'un souterrain…

Elle s'avança, la lame brandie à l'horizontale. C'était un poignard de plongée sous-marine au fil affreusement dentelé.

– Je ne peux pas te tuer, dit-elle sourdement, tu le sais bien, mais rien ne m'empêche de te couper deux ou trois doigts pour te faire parler. Nuco, viens le tenir et bâillonne-le !

Caine eut un sursaut tétanique.

– Tu n'es qu'un lâche, comme tous les Blancs, tu vas parler dès que je t'aurai tranché le pouce, constata tranquillement Súna tandis que l'Indien s'abattait sur le romancier, l'immobilisant dans l'étau de ses bras. Caine sentit la lame tâtonner le long de la première phalange de son pouce gauche, cherchant la jointure de l'articulation. Il ferma désespérément le poing.

– Arrêtez ! brailla-t-il dans la paume qui l'étouffait. Vous êtes dingues ! Je n'ai pas trouvé le trésor… Des indications, seulement des indications… Une carte, là, dans ma poche…

Il avait conscience de perdre toute dignité, mais il n'était plus en mesure de résister d'une manière ou d'une autre. Le choc psychologique causé par la mort d'Angela Potrezzo l'avait laissé désarmé. Súna le fouilla. Il ne lui fallut que quelques secondes pour trouver le calque et le plan arraché aux décombres du syndicat d'initiative. Ses yeux avides sautillaient en déchiffrant les lignes. Il remarqua qu'elle avait les pupilles extrêmement dilatées, comme si elle était sous l'influence d'une drogue quelconque. Ses narines palpitaient à un rythme accéléré.

– Qu'est-ce que ça veut dire ? aboya-t-elle. Je connais ces trois places. Ce sont celles des vieux monuments sculptés par Molinero. Avant, les touristes passaient leur journée à les photographier.

Il y aurait quelque chose à l'intérieur des statues, c'est ça ? *Réponds !*

La main de Nuco s'écarta. Caine suffoquait, au bord de la syncope.

– Oui, hoqueta-t-il, il y a quelque chose… des tonnes d'explosifs pourris dans une sorte de caveau situé sous le piédestal. C'est là depuis cinquante ans, dans l'humidité, la moisissure. Un tas de mines du type *Holzmine* à caisson de bois ! Les vers ont bouffé les coffrets, et si on tentait de les déplacer, tout s'effondrerait. C'est un miracle qu'aucune explosion ne se soit encore produite. C'est inutilisable et pourtant ça risque de nous péter à la gueule dans une semaine, dans un mois, un an… Vous pouvez aller vérifier, je reviens de la place Cortamone, mais attention aux faux mouvements !

Súna parut se calmer. Ses yeux reprirent un éclat froid.

– Quelles puissances, ces charges ?

– Je ne sais pas. Il y a cinquante ans elles auraient totalement rasé San-Carmino. Aujourd'hui je suppose que chacune d'elles fera s'écrouler une dizaine d'immeubles. Mais les manipuler relèverait du suicide. Les conteneurs en bois sont probablement à demi dévorés par les termites.

– Mais pourquoi ces arsenaux enterrés ?

Caine haussa les épaules.

– Qui sait ce qui se passait dans la tête d'Aguilados ? La ville le haïssait, les Indios avaient peur de lui mais rêvaient de réduire sa tête. Les bourgeois détestaient ses méthodes de seigneur féodal. Il a peut-être imaginé ce stratagème pour tenir la ville à sa merci… mater une éventuelle révolte ?

– Ça ne tient pas debout, objecta Súna. Il passait sa vie sur son île, comment aurait-il pu faire exploser ces bombes ? À l'époque, les détonateurs à ondes courtes n'existaient pas.

– Je ne sais pas, capitula Caine. Il rêvait de recruter une armée personnelle, une garde prétorienne. Les deux autres monuments contiennent peut-être des armes rouillées, des fusils en miettes, des munitions dont la poudre est gorgée d'eau ? C'est peut-être là le seul butin amené par les bateaux allemands… Il a pu passer une grosse commande, et ses amis nazis lui ont livré cet arsenal.

– Non ! glapit Súna. *Ce n'est pas possible !*

– Pourquoi pas ? Le scénario est plausible. Aguilados avait noué des amitiés dans le haut état-major SS. Quelqu'un, un officier supérieur dont nous ignorons tout, a été séduit par ce nobliau fanatique dont le seul désir était d'implanter une base avancée du IIIe Reich en pleine Amérique du Sud. Pour faire des adeptes, il a pu céder au caprice d'Aguilados et charger un cargo partant en mission de lui livrer quelques caisses de matériel. Juste de quoi équiper une petite armée. À la fin du conflit, beaucoup de chefs de guerre ont tenté d'aménager des bases secrètes à travers le monde. Des lieux de repli où ils comptaient attendre la grande revanche. En Uruguay, notamment… C'est peut-être cela le trésor de Herr Von ? Un arsenal vétuste, des armes rouillées, des uniformes pourris, disséminés sous trois monuments… attendant un jour J qui n'est jamais venu.

Une étincelle dangereuse dansa dans les pupilles de Súna.

– *Alors nous aurions fait tout cela pour rien ?* dit-elle d'une voix blanche.

Caine sentit qu'il était allé trop loin.

– Ce n'est qu'une hypothèse, se pressa-t-il d'ajouter. On peut aussi penser que le sous-marin et son cargo ne se sont pas contentés de livrer des armes… C'était en 44. Je le répète : certains officiers sentaient souffler le vent de la défaite. Ils ont pu mettre à profit le fanatisme d'Aguilados pour lui confier autre chose…

– De l'or ?

– Par exemple. Des lingots officiellement destinés à financer la revanche du Reich défunt. Ils savaient qu'Aguilados veillerait sur ce trésor en bon chien de garde. Ils n'avaient rien à craindre de lui. Son fanatisme était la meilleure des garanties. C'était le banquier rêvé pour un criminel de guerre en fuite, mais la mort prématurée de Herr Von a tout perturbé.

Caine se tut, la bouche sèche. Il venait de comprendre que sa vie dépendait de l'existence réelle ou fictive de cet éventuel trésor de guerre. Si Súna perdait tout espoir, elle n'hésiterait pas une seconde à le tuer.

– Nuco, jeta-t-elle sèchement, tu iras visiter les deux autres monuments, il ne faut rien négliger. Toi, Caine, tu vas retourner sur l'île. Aguilados n'aurait jamais dispersé son trésor à travers le pays. Il devait camper dessus, y nicher comme l'aigle qu'il prétendait être.

L'Indien recula, et le romancier retrouva sa liberté de mouvement.

– Angela…, balbutia-t-il, vous l'avez tuée pour rien. Vous m'avez compromis, tous les mouchards de Carmino m'ont vu avec elle, ils vont s'empresser dc mc dénoncer.

Súna haussa les épaules.

– Si on ne la voit plus, on la croira partie, personne ne se souciera de son absence. Nuco, tu éventreras tous les sacs de sable pour la recouvrir, comme ça l'odeur n'alertera personne. De toute manière les voisins ne sont pas à craindre, il n'y a plus que trois boutiques ouvertes sous les arcades.

Elle coiffa à nouveau son casque, décolla les trois mouches de taffetas posées entre ses seins et ferma sa combinaison.

– Maintenant il faut partir, murmura-t-elle. Nuco va te ramener à la maison, demain il t'emmènera sur l'île avec le dinghy.

Elle tourna les talons, glissa son poignard dans l'une de ses bottes.

– Je m'en vais, dit-elle à Nuco. J'ai besoin de réfléchir. Ne le perds pas de vue et n'oublie pas de boucler le rideau de fer en partant.

L'Indien hocha lourdement la tête tandis que la jeune femme disparaissait dans l'escalier.

– Où va-t-elle ? demanda Caine.

– Rouler sur sa moto. Elle fait toujours ça quand elle veut penser.

– Mais les patrouilles ?

– Les miliciens la connaissent puisqu'ils fréquentent tous la *cantina* où elle travaille… Elle est bien la seule en ville à ne rien avoir à craindre d'eux. Ils croient qu'elle fait la pute avec les vieux bourgeois des hauts quartiers et qu'elle pompe régulièrement ses cinq ou six clients par nuit. C'est une bonne couverture.

Caine désigna la salle de bains.

– Je ne me sens pas bien, souffla-t-il.

– O.K., lâcha Nuco, mais ne filez pas, ça ne servirait à rien. Il ne faut pas provoquer la colère de Súna, je vous avais prévenu, vous avez fait une erreur en vous sauvant de la maison. Finalement c'est de votre faute si Angela est morte.

Caine passa dans la salle d'eau, s'aspergea le visage et s'assit sur la cuvette des W.-C. De l'autre côté lui parvenait le bruit sec du couteau éventrant les sacs de jute entassés au long des cloisons.

– Mais pourquoi, commença-t-il, pourquoi s'en prend-elle aux miliciens, à Parduras ? Elle aurait pu chercher le trésor sans tuer personne… *Ou alors*… C'est du terrorisme, c'est ça ? Vous êtes des révolutionnaires ? Je veux dire, de *vrais* révolutionnaires ?

Il se cramponna au rebord de la baignoire, retourna dans la pièce. Nuco avait lacéré une dizaine de sacs dont le contenu recouvrait le cadavre d'Angela Potrezzo.

– Peut-être, fit l'Indien sans interrompre sa besogne. Le trésor, pour Súna, c'est le moyen de financer sa révolution sans avoir recours aux narcodollars. C'est le seul moyen de rester propre. Avec l'or, elle achètera des fusils modernes pour les

Indios. Elle dit qu'une fois armés, personne ne pourra plus les obliger à aller travailler à la mine. Elle dit aussi qu'elle trouvera des médicaments, qu'elle remplacera le bidonville par de vraies maisons, qu'elle... Elle dit un tas de choses que je ne comprends pas toujours. Elle a étudié, elle a fait les écoles, pas moi. Elle n'appartient à aucun parti, à aucun groupe. Súna se bat toute seule contre la ville, contre la mine qui a tout pourri... Contre Parduras et sa milice. Oui, elle est seule ou presque. Sans argent, sans armes, sans appuis. Mais elle veut réussir seule. C'est pour ça qu'elle a besoin du trésor d'Aguilados.

Il se tut, déchira encore une demi-douzaine de sacs. Le sable volait dans la pièce, soulevant une poussière irritante. La muraille se défaisait.

– Elle fait sa révolution personnelle ? ironisa Caine. C'est ça ? Et il n'y a que vous pour l'aider ? Oui, bien sûr, j'aurais dû y penser plus tôt. Bon sang ! C'est de la folie pure... Vous deux contre la société minière ! *Vous deux*...

– Le mal, c'est la mine ! martela Nuco qui transpirait. Sans elle on n'aurait jamais transformé San-Carmino en cité balnéaire, chassé les Indios de leurs terres pour les refouler à la lisière de la jungle. Jamais il n'y aurait eu de milice, de gardes...

– Ni de bouteilles de bière sous globe, ajouta méchamment Caine.

Les muscles de l'Indien se crispèrent, et le couteau se redressa dans sa paume. Une seconde, Caine crut que le géant allait passer à l'attaque, mais il se ressaisit telle une bête bien dressée.

– Vous parlez trop, trancha l'Indien. Servez-vous plutôt de votre tête pour trouver le trésor. Le mal, c'est la mine. Vous ne pouvez pas comprendre. Vous n'avez jamais mis les pieds là-bas. Sans elle, les Indios resteraient aux champs, personne ne les convaincrait de se vendre pour un transistor et une bouteille de *tequila*. Ils ne crèveraient pas dans les galeries pourries de Parduras... Avant la mine tout allait bien ici, c'était un coin tranquille. Un village de pêcheurs, quelques bourgeois, une petite fabrique de conserves. Et puis la société minière a débarqué. Pitsacoa est devenue une forteresse avec son armée... Un château plein de guerriers et d'esclaves. La terreur s'est installée, comme jadis avec Herr Von et son nid d'aigle.

– Et Súna pense vraiment qu'avec le trésor elle pourra armer les Indiens et les soulever contre Parduras ? Vous accueillerez les recruteurs à coups de fusils ?

– Pourquoi pas ? Dans d'autres régions ça n'a pas commencé autrement ! Souvent il suffit de la volonté d'un seul... Mais cela ne vous concerne pas. Trouvez le trésor puisque Súna prétend que vous êtes un spécialiste, prenez votre part et disparaissez. C'est tout ce qu'on vous demande. Maintenant que la fille est morte vous êtes compromis, vous avez intérêt à ce que tout aille vite. Comme vous l'avez dit, on vous a vu avec elle, il y aura toujours quelqu'un pour s'en souvenir. Votre seule chance de salut, c'est de trouver l'or et de vous enfuir loin, très loin. Là où un homme riche peut acheter sa tranquillité. Vous êtes passé du mauvais côté de la frontière, Señor Caine, pensez-y.

Nuco travailla encore un long moment, érigeant sur la moquette une sorte de tertre funéraire aux senteurs d'algues. Quand il jugea la tombe assez haute, il prit Caine par l'épaule et le poussa vers l'escalier.

– Vous n'essuyez pas les empreintes ? s'inquiéta le romancier.

Le colosse eut un rire lourd.

– Non, pourquoi ? Je n'ai rien touché, moi. Ne vous inquiétez pas, de toute manière la milice ne s'embarrassera pas de semblables subtilités.

Il rabattit le rideau de fer, puis les deux hommes marchèrent un moment sous les arcades jusqu'à une camionnette qui empestait les fourmis grillées.

– Vous allez monter sagement, expliqua l'Indien, dites-vous bien que vous n'avez nulle part où aller. Au-delà de Carmino, c'est la jungle. Un Américain sans expérience y survit rarement plus de quelques jours.

Caine se le tint pour dit. D'ailleurs il était trop épuisé pour tenter quoi que ce soit. Le véhicule démarra en ferraillant. La nuit s'éclaircissait.

Lorsqu'ils arrivèrent à la maison, Nuco l'entraîna au premier et l'enferma dans une chambre aux volets cloués.

– Maintenant il faut attendre Súna, conclut-il en bouclant la porte.

Caine s'allongea sur la moquette délavée et ferma les yeux. Il ne voulait pas penser. Le temps commença à se distendre. Un peu plus tard, il s'endormit. On le laissa seul toute la journée durant, et personne ne se préoccupa de lui monter un repas. Il appela ; comme personne ne lui répondait, il dut se résoudre à uriner dans l'un des coins de la pièce.

La nuit tomba. Vers trois heures du matin Nuco réapparut. Il était sale et gluant de toiles d'araignée.

– Vous aviez raison, murmura-t-il avec lassitude. J'ai exploré les deux autres monuments… Rien que des antiquités : des fusils KAR-98K, des PM 40, des mitraillettes Schmeisser, des grenades à manche, le tout pourri, rongé. Dans le dernier caveau c'étaient des uniformes. Des loques. Des haillons et de la dynamite qui transpire dans la chaleur. Súna ne veut plus perdre de temps. Demain je vous ramène sur l'île. Il faudra vous arranger pour que le dernier acte se joue à notre avantage. Sinon…

10

Lourdement chargé, le dinghy retombait au creux de chaque vague comme s'il allait naufrager en piquant du nez d'une seconde à l'autre. Caine avait récupéré son costume blanc défraîchi dans lequel il grelottait, bras noués et genoux serrés, dans la position du permissionnaire qui, ayant échoué sur un quai de gare au terme d'une nuit de beuverie, attend dans le froid de l'aube le premier train qui le ramènera vers sa caserne.

Le canot filait bas sur l'eau, alourdi par les casiers de bouteilles et les cartons de nourriture.

– N'oubliez pas, chuinta Nuco. Toutes les bouteilles de vin à capsule rouge sont droguées. Rien de fulgurant qui pourrait donner l'éveil, mais un bon petit soporifique qui provoque le sommeil au bout de deux ou trois verres. Laissez-les traîner, Hoogleborn ne manquera pas de vous en voler. Pour vous il y a des excitants, des saloperies chimiques qui coupent le sommeil et qu'on utilise à la mine pour oublier la fatigue. N'en abusez pas. Si vous êtes en danger, ou si vous avez trouvé ce qui nous intéresse, allumez un feu sur la terrasse. Je monterai la garde sur la plage des dunes, avec des jumelles.

– Sans bateau, je vais être complètement isolé, grogna Caine. Je n'aime pas ça.

– Vous aurez toujours le radeau du vieux, coupa l'Indien. Il doit le cacher dans une faille, au bas du piton. Il le sort de temps à autre pour aller mendier sur le port quand il n'a plus du tout de tabac ou d'alcool. Mais c'est une coquille de noix, ne vous y fiez pas trop. Et puis vous ne connaissez pas les courants, vous chavireriez tout de suite.

Le dinghy sauta une nouvelle fois à la crête d'une vague et les bouteilles s'entrechoquèrent. L'île grossissait, colonne de pierre dressée au milieu de la curieuse plage circulaire.

– Méfiez-vous, insista Nuco. Le vieux ne va pas du tout être content de vous voir revenir. Temporisez ; dites que vous êtes là pour rassembler les papiers nécessaires à votre documentation. Surtout ne le provoquez pas. Il est à peu près certain qu'il a assassiné Cazinsky en l'empoisonnant. Ne mangez que des conserves et refusez tout ce qu'il vous offrira : poisson, coquillages, ragoût de mouette… De même, ne trinquez pas avec lui, ou alors amenez votre propre bouteille et ne la lâchez pas des yeux.

– J'ai déjà pensé à tout cela, fit Caine, agacé. Je ne laisserai pas ce vieux charognard m'approcher à moins de trois mètres. Mais vous auriez pu tout de même me dénicher une arme.

– Désolé, Súna ne veut pas courir le risque que vous le tuiez. Elle veut le garder en vie pour tenter de le faire parler en dernier ressort… Mais c'est une éventualité qui ne m'emballe pas, je l'avoue.

Une pluie d'écume lui coupa la parole et Caine ne fit rien pour le relancer sur ce sujet. Ils abordèrent sans grosses difficultés et déchargèrent les caisses en pataugeant dans le sable mou, pantalon roulé, leurs chaussures passées autour du cou. Avant de repartir, Nuco murmura entre ses dents :

– Ne le tuez pas surtout, même si vous vous sentez en état de légitime défense. Et ne maquillez pas cela en accident. Súna prendrait très mal le fait que Hoogleborn se soit cassé le cou en tombant du haut du rocher… Vous saisissez ?

– Bientôt vous compterez davantage sur lui que sur moi ! ricana Caine pour masquer son inquiétude.

– Pourquoi pas ? conclut l'Indien en sautant dans le dinghy. Jusqu'à maintenant vos résultats n'ont pas été très convaincants, non ?

La rage au ventre, Caine le vit rabattre son moteur et s'éloigner en quelques coups d'accélérateur. Il se retrouva seul, sur la plage tavelée de vase, au milieu des caisses.

– Vous avez maigri, non ? fit la voix geignarde du concierge dans son dos. Ce climat doit être épuisant pour un intellectuel américain. Vous voulez un coup de main pour les boîtes ?

Le romancier pivota sur ses pieds nus. Hoogleborn le considérait du haut des premières marches de l'escalier. Avec son chapeau de paille effrangé et son visage de fouine, il avait plus que jamais l'aspect d'un clown sinistre.

– La petite Indienne est partie, fit-il d'un ton désolé, son époux s'est finalement décidé à revenir la chercher. Dommage, je m'étais habitué à elle… À mon âge on apprécie les visites.

– Je viens juste rassembler la documentation de Cazinsky, fit Caine d'une voix qui dérapait un peu. Je pars, l'éditeur s'est décidé à publier le livre dans son état actuel.

Mais le vieux paraissait ne pas l'écouter. Avec une force étonnante pour son âge, il chargea un casier de bouteilles sur son épaule et se lança à l'assaut de l'escalier de pierre.

– Hé oui ! répéta-t-il comme s'il radotait. La petite Indienne est partie, ça fait un vide.

Caine serra les mâchoires. Tout cela n'était que comédie, il en avait parfaitement conscience. Le vieux requin adorait jouer au grand-père sénile. Il songea : « Me voilà de nouveau dans la nasse. » Il n'avait pas encore vraiment peur. La fatigue, ainsi qu'une sorte de décalage nerveux dû aux chocs successifs, lui permettaient de considérer pour quelque temps encore la situation par le petit bout de la lorgnette comme s'il n'était pas vraiment concerné. Et pourtant les chiens l'entouraient de toutes parts, la meute se rapprochait, le museau levé, reniflant son odeur. Surtout il y avait ce cadavre à San-Carmino, cette femme ensevelie sous quelques dizaines de kilos de sable. Cette femme que Súna n'avait tuée que pour le compromettre. Par ce meurtre, elle avait réussi à le piéger, à lui faire endosser contre son gré la camisole de la complicité. Maintenant il était lié.

Il se saisit d'un carton de vivres et piétina dans l'ombre du concierge. L'escalier était toujours aussi raide, le vent toujours aussi fort dès qu'on s'élevait à plus de dix mètres au-dessus du niveau de la mer. Hoogleborn peinait en soufflant bruyamment par le nez. Caine savait qu'à aucun moment il n'évoquerait le naufrage de la barque sabotée. C'était cela le plus terrible : ce silence lourd de sous-entendus, ce théâtre où tout sonnait horriblement faux. La menace couvait sous les phrases les plus anodines. Au bout de l'escalier surgit la masse courtaude du bunker. Instinctivement, Caine chercha des yeux la petite tache du dinghy qui s'éloignait tout en bas, en direction de la plage des dunes. Désormais il était seul. Seul avec Hoogleborn, la sentinelle de Casamuerta. Ils déposèrent les caisses dans le hall et s'assirent pour souffler. Le vieux lorgnait ostensiblement sur les bouteilles de vin. Caine ne lui fit aucune offre, mieux valait attiser sa convoitise. Ils durent accomplir un nouvel aller-retour, et cette dernière expédition les laissa pantelants.

– J'ai oublié de vous dire, bavocha Hoogleborn en se massant la poitrine comme s'il était sur le point de succomber à une crise cardiaque. Il y a eu un malheur.

– Un malheur ?

– Oui, la petite Indienne, en voulant se servir du camping-gaz, a renversé le réchaud. Votre lit et certains papiers ont brûlé. Je suis intervenu à temps. Cette idiote aurait pu tout aussi bien flanquer le feu à la baraque.

Caine se leva, en éveil. D'ores et déjà il savait que le ton pleurnichard du concierge cachait une perfidie. Serpentant à travers les couloirs obscurs, il remonta vers le salon où Cazinsky avait installé son Q. G. Dès le seuil il fut frappé par l'odeur de fumée refroidie. Un relent d'incendie ancien, âcre, qui prenait à la gorge. Tous les papiers de Cazinsky – dossiers, carnets de notes, manuscrits – avaient brûlé. On les avait consciencieusement entassés au centre de la salle, en un bûcher conique, avant d'y mettre le feu. Il ne restait de toutes ces archives qu'un amas carbonisé. La fumée du bûcher avait noirci les murs et le parquet, y déposant des bouffées de suie. Caine haussa les épaules. Si Hoogleborn croyait avoir marqué un point, il se trompait, la documentation de Cazinsky n'avait plus aucun intérêt depuis longtemps. Il se détourna. Ses pieds nus laissaient des traces délayées sur la suie du sol. Il regagna le rez-de-chaussée. Hoogleborn était toujours assis face aux bouteilles de vin capsulées de rouge.

– Vous avez vu ? lâcha-t-il. Un beau gâchis, hein ? J'espère que tout n'est pas perdu et que vous pourrez récupérer quelque chose… Cette gosse, faut pas lui en vouloir, elle avait peut-être jamais vu un réchaud de sa vie ?

« Vieille fripouille ! » pensa Caine en serrant les dents à s'en faire mal.

– J'ai aéré, conclut le vieillard, impitoyable. Je crois que l'odeur ne vous gênera pas pour dormir.

Ils se séparèrent sur cette dernière flèche. Caine se retrancha dans la seconde salle d'apparat, là où demeuraient encore plantés les tréteaux qui avaient servi à soutenir le cercueil de Cazinsky, et disposa ses réserves autour de lui. Il n'avait pas négligé absences prolongées de Hoogleborn étaient la clef de l'énigme. Lors de ses deux précédents séjours il s'était obnubilé sur les papiers de Cazinsky, négligeant d'observer – d'espionner – le concierge. Ainsi, il était même incapable de dire où dormait habituellement le vieux. Explorant la maison de fond en comble, il n'avait rencontré aucune installation, aucun signe de campement prolongé, du style matelas, casseroles, réchaud…

Hoogleborn n'avait apparemment pas de tanière, pas de bivouac ! Il semblait n'avoir aucun territoire délimité à l'intérieur de la bâtisse ! *C'était cela l'anomalie…* Le détail révélateur. On ne vit pas depuis cinquante années au même endroit sans y inscrire ses traces. Hoogleborn avait une cachette. Une cachette savante et toute proche…

Haletant, il posa le pied sur la dernière marche de l'escalier et entreprit de faire le tour de la maison, fouillant tout le sommet du piton, mais il n'y avait rien. Rien qu'un roc dénudé, poli par l'érosion, sillonné de fissures où s'accrochaient un peu de terre et quelques plantes épineuses. Ses vêtements étaient à tordre et il avait le visage brûlant. Il commençait à n'être plus assez jeune pour de telles débauches d'effort physique. Il réintégra le ventre du bâtiment, s'assit sur une marche de l'escalier et demeura ainsi, l'oreille tendue, en alerte. Le temps passa. Maintenant, il ne vivait plus qu'au rythme des craquements du parquet, du claquement des volets déverrouillés. Ses tympans sélectionnaient les bruits, les identifiaient, les rejetaient.

d'emporter une grosse lampe électrique qu'il comptait bien conserver perpétuellement à portée de la main. De plus il décida qu'il dormirait chaque nuit dans une pièce différente, ceci afin de parer à toute éventuelle incursion ennemie. Il sortit sur la terrasse. Le soleil était déjà brûlant et mille lézards occupaient les créneaux bordant le bâtiment. Pour la première fois, il chercha à localiser la mine sur le long croissant dessiné par San-Carmino. Au milieu du fouillis vert de la jungle on devinait la haute muraille blanche du barrage hydro-électrique. C'était tout. Les vallonnements ne permettaient aucune échappée sur les agencements de l'exploitation. Il eut un rire sans joie. C'était là que se trouvait le vrai trésor de la baie ! Des millions de dollars en pépites extraits régulièrement chaque année. À côté de cette fortune, l'hypothétique trésor de Herr Von faisait figure de pourboire, d'aumône…

Il fit trois pas. Les lézards, gorgés de soleil, ne daignèrent même pas s'enfuir. Nuco se trouvait quelque part là-bas, entre les dunes, de l'autre côté du chenal, jumelles rivées aux yeux. Privé de la présence de la petite Indienne adultère, Casamuerta redevenait un lieu d'affrontement. Une fois Hoogleborn anesthésié par le vin drogué, Caine allait devoir entreprendre l'autopsie définitive de la maison et du piton rocheux. Tous ses espoirs reposaient sur l'ancien laboratoire qu'il n'avait pas encore examiné de près. Il procéderait de façon classique, par sondages minutieux. C'était une méthode effroyablement lente mais il ne disposait d'aucun autre instrument pour s'attaquer au mystère. « Encore une fois je ne trouverai rien, songea-t-il désabusé, et dans vingt-quatre heures, quand le chantier de Parduras s'installera à Casamuerta, les ouvriers éventreront la maison à la dynamite. »

Pendant une heure ou deux il se laissa cuire par le soleil, gifler par le vent du large. Recroquevillé dans un angle de la terrasse, il joua à rivaliser avec l'immobilité des lézards dont toute la vie paraissait concentrée dans l'infime palpitation habitant leur cou tendu. Quand les mosaïques à croix gammée commencèrent à lui rôtir la chair, il se leva et descendit au laboratoire. En passant dans le hall il remarqua avec satisfaction que le casier à bouteilles avait déjà été dégarni. Cela signifiait que le concierge du bunker se gorgeait en ce moment même de vin drogué, avalant le sommeil à petites goulées… Cela signifiait surtout que Caine, d'ici une heure, aurait les mains libres.

Comme il le prévoyait, la visite du laboratoire ne porta aucun fruit. Ce trou noir ouvert au bord du vide ressemblait plus à une caverne ou au conduit d'une cheminée encrassée qu'à une installation scientifique. Les murs, taillés dans la roche même, ne rendaient qu'un son mat. Il eut beau gratter la suie les maculant, il ne décela aucune ouverture dissimulée. Quand il émergea des décombres, il était noir des pieds à la tête. Pour gommer cette demi-déception, il eut envie de vérifier les effets du narcotique sur Hoogleborn et se lança à la recherche du concierge à travers toutes les pièces de la maison. Chose curieuse, le vieillard resta introuvable. Caine fronça les sourcils. Cela lui rappelait quelque chose.

Il avait déjà vécu cette situation lors de son premier affrontement avec le vieux. Oui… Une fois déjà, il avait parcouru le piton de haut en bas sans parvenir à dénicher l'odieux personnage, et soudain, alors qu'il ne s'y attendait plus, Hoogleborn avait surgi du néant… pour l'assommer à coups de planche !

Il jura. Mais sous le mécontentement sourdait une vague excitation. L'impression diffuse de tenir enfin quelque chose ! Normalement le vieux aurait dû dormir sur le plancher de l'une ou l'autre des pièces, or le bunker était vide ! Inexplicablement vide.

Anormalement vide.

Refoulant sa fatigue, il entreprit une seconde inspection, puis dévala l'escalier jusqu'à la plage, déserte elle aussi. Un instant, il pensa que le concierge avait pu partir à San-Carmino sur son radeau, mais il découvrit la barcasse au bord d'une faille sur un îlot de varech. Hoogleborn n'avait pu quitter l'île à la nage, et pourtant il n'était nulle part. Caine se frotta nerveusement la bouche avec le dos de la main. Il était ruisselant de sueur, épuisé mais content ! Casamuerta avait avalé Hoogleborn ! Cette apparente ineptie était lourde de signification. Elle impliquait qu'il y avait quelque part, sur ce rocher vertical aux parois inaccessibles, un endroit caché, une chambre secrète où le concierge se retirait pour dormir ou cuver son vin ! Cette bulle invisible ne pouvait être que d'un accès facile car le vieillard n'était plus capable d'expéditions périlleuses s'inspirant de l'alpinisme ou de la spéléologie !

Remuant ces pensées, il reprit le chemin de l'escalier taillé au flanc du piton rocheux. Oui, les

Hoogleborn dormait, quelque part au cœur de ce cube de béton, assommé par le vin drogué de Nuco. Hoogleborn ronflait, quelque part dans les coulisses du trésor qu'il devait descendre astiquer chaque jour comme un gardien de musée consciencieux.

Caine bougea, gagné par l'ankylose. Maintenant le concierge avait disparu depuis plus de trois heures, l'effet des narcotiques n'allait pas tarder à se dissiper. D'où émergerait-il ? Et comment faire pour le pister à sa prochaine disparition ? Son impuissance l'agaça. Lui faudrait-il se rabattre sur la panoplie classique des jeux de piste pour espion laborieux : fil tendu, cheveux collés, allumettes coincées dans les portes ?

Non, c'était ridicule ! Il n'arriverait à rien de cette manière. Enfin, après une nouvelle demi-heure d'attente, un claquement sourd monta des entrailles du bâtiment. Mais l'écho des salles vides amplifiait tout, et le bruit en question pouvait provenir de n'importe où… Caine se leva, grimpa quelques marches, attendit. Il percevait distinctement le raclement caractéristique des savates de Hoogleborn sur le plancher. Pour ne pas avoir l'air d'un chasseur à l'affût, il traversa les salles de réception et sortit sur la terrasse. Quelques minutes après, le concierge émergea à son tour de la maison. Il marchait d'un pas vacillant et se frottait le visage en secouant la tête de droite et de gauche. Il s'immobilisa face à la mer et urina longuement, ponctuant sa miction de bâillements sonores. Puis il tourna la tête comme s'il avait deviné qu'on l'observait, et agita la main en direction de Caine.

– Foutue chaleur ! brailla-t-il de sa curieuse voix éraillée. J'en suis tout abruti.

Il n'était nullement essoufflé, preuve qu'il n'avait parcouru qu'une courte distance. Son repaire était donc tout proche. Dans les fondations du bunker sans doute.

– Alors, lança-t-il en refermant approximativement sa braguette, votre documentation… il en reste quelque chose ?

– Encore assez, répliqua nonchalamment Caine. Je vais faire des photos de la maison pour illustrer le livre, et puis je partirai. Je travaillerai à Los Angeles. Ici, avec cette chaleur, je serais incapable d'écrire trois lignes cohérentes. Je vous enverrai un exemplaire du bouquin… pour votre musée.

– Pas la peine, ricana le vieillard. Ce sera sûrement plein de conneries. L'histoire de Herr Von, elle est dans ma tête. Pas besoin de livre… Depuis près de cinquante ans je me la raconte tous les jours. Allez, salut, je vais manger un morceau.

Caine hocha la tête. Si Hoogleborn abusait du vin drogué, deux risques se profileraient à brève échéance : il mourrait par intoxication… ou – et cela était plus plausible – ces lourdes siestes coïncidant avec le retour de Caine sur l'île, il pouvait s'en alarmer et y voir l'action d'un quelconque stratagème. Dans un cas comme dans l'autre, il convenait de détecter la chambre secrète le plus rapidement possible.

Caine aspira profondément l'air du large. Il se sentait beaucoup mieux. Enfin la situation se débloquait. Le musée coffre-fort du gardien de Casamuerta existait donc réellement ! Maintenant il fallait être assez astucieux pour s'y glisser à la suite de son conservateur jaloux... et le piller sans remords !

Il rentra, car la chaleur était beaucoup trop forte. Accroupi dans un angle de la salle, l'œil fixé sur les tréteaux qui avaient supporté le cercueil de Cazinsky, il dressa mentalement un plan de la maison. D'emblée, il élimina les étages supérieurs. Pour lui, la chambre secrète ne pouvait se cacher que dans les fondations ; son accès devait donc logiquement se situer au niveau de la salle de jeu et de l'ancienne bibliothèque. C'est là qu'il faudrait chercher. Chercher, oui, mais comment ? Pas question de s'embusquer ! Si Hoogleborn le découvrait, il n'hésiterait pas une seconde à le tuer, car il aurait été étonnant qu'il ne disposât pas d'une arme. Notamment ce fameux Lüger P38 dont Aguilados ne se séparait jamais.

La journée s'écoula lentement. Hoogleborn partit poser ses lignes et ne dormit pas. Un peu plus tard il s'installa au soleil pour ravauder quelques haillons.

Dans l'impossibilité d'entreprendre la moindre investigation, Caine rongea son frein en arpentant nerveusement la salle de travail. Ses allers et retours rageurs faisaient s'envoler les cendres du cône de paperasse carbonisée. Les débris friables flottaient à travers la pièce. La chaleur aidant, il finit par s'allonger et s'assoupir. Il se réveilla au bout de quelques minutes, en suffoquant. Il s'était débattu en dormant, et la suie du sol avait adhéré à ses vêtements. Son premier mouvement fut de courir à la terrasse. Hoogleborn dormait au bord du vide, le nez dans le sable. Une bouteille de vin s'était brisée tout près de lui au moment où il s'était écroulé, vaincu par le narcotique. Un peu inquiet, Caine descendit relever le vieillard qu'il tira à l'ombre. Hoogleborn ronflait bruyamment, bouche ouverte, les lèvres réunies par un filet de bave. Il semblait avoir du mal à respirer. Le narcotique était-il en train de le tuer à la manière d'une overdose de barbituriques ?

La voie des caves était ouverte. Caine s'y précipita. Dans le halo de sa puissante lampe-torche il embrassa un paysage de décombres où alternaient des fouillis de poutrelles fracassées et de grandes salles vides au sol recouvert de poussière duveteuse qu'on pouvait prendre de loin pour une moquette de haute laine grise. Il remarqua tout de suite qu'un certain nombre de couloirs avaient été balayés de manière à ce qu'on ne puisse y lire d'éventuelles traces de pas aux itinéraires trop révélateurs. Les murs, eux, portaient comme partout ailleurs les habituelles moulures en forme de svastika. S'il y avait un passage secret, son ouverture était très certainement commandée par la manipulation de l'une ou l'autre de ces frises. Caine leva la torche, espérant que l'examen des motifs révélerait des signes d'usure. Si Hoogleborn actionnait le système depuis des années, il n'avait pu éviter de laisser des traces : marques de doigts, griffures, décolorations… (C'est du moins ainsi que les choses se passaient dans les romans.)

Mais là encore l'absence de poussière opposait son anonymat. Caine grogna, dépité. Il avait imaginé que les mains sales du concierge trahiraient par leurs macules les points précis déclenchant les ressorts secrets du mur à pivot. Hélas, il n'y avait rien. Le plâtre jaunissant, marbré de taches d'humidité, cachait ses points sensibles sous un camouflage d'auréoles brunes. Cédant à un brusque accès de fureur, Caine martela la frise au hasard, se meurtrissant les paumes aux arêtes des croix gammées ; cependant rien ne bougea ni ne s'ouvrit. Ravalant son impatience, le romancier remonta au premier, décida de manger en attendant la nuit et avala deux comprimés d'un produit destiné à chasser le sommeil. Un peu plus tard, il entendit Hoogleborn qui rentrait en raclant les pieds. Le vieux grommelait d'incompréhensibles imprécations. Caine se crispa. Le stratagème de Nuco risquait de faire long feu. D'ici peu le vieillard ne manquerait pas de s'étonner de ces subits accès de torpeur que la chaleur et l'abus du vin ne suffiraient pas à expliquer complètement. Il réagirait alors, et de manière à coup sûr violente...

La nuit se déroula calmement. Sentinelle rendue insomniaque par les magies de la chimie, Caine ne quitta pas le coin de la salle où il avait choisi de se recroqueviller, la lampe-torche posée en travers des cuisses. Les heures s'écoulèrent avec une effroyable lenteur. Les idées se bousculaient dans son cerveau enfiévré par les excitants, faisant se télescoper des images incongrues. Il se demanda combien de temps il restait avant que la milice n'investisse l'île ? De toute manière le début du chantier était imminent, et même si le premier coup de pioche n'était pas donné le 13 septembre, le sursis serait de courte durée.

Le soleil se leva enfin. La journée se déroula selon un scénario en tout point semblable à celui de la veille. Caine était à bout de nerfs, pour un peu il aurait sauté à la gorge du concierge pour lui marteler le visage. Il comprit qu'il commençait à perdre la tête.

Dans le hall, le casier à bouteilles avait été amputé de deux nouveaux flacons. Caine en préleva trois afin que le vieillard constate qu'il n'était pas seul à boire. Vers midi, Hoogleborn fit une apparition à l'extérieur, il titubait, une bouteille à la main, répandant du vin sur ses vêtements et autour de lui. Il cria quelque chose et courut maladroitement se réfugier à l'intérieur de la maison comme s'il redoutait une attaque. Caine laissa passer trois quarts d'heure puis descendit dans le labyrinthe des caves. La lampe braquée au niveau du sol, il s'efforça de détecter les gouttes de vin maculant le béton, et de suivre le pointillé qui recomposait l'itinéraire de l'ivrogne. Brusquement, alors qu'il contournait l'angle d'une galerie, il aperçut les deux pieds du concierge dépassant du mur, à ras de terre…

Hoogleborn reposait sur le ciment, les jambes dans le couloir, le torse dans l'entrebâillement d'un pan de mur monté sur pivot à la manière de ces stèles égyptiennes qui défendent l'entrée des salles d'initiation.

Ayant libéré le panneau secret au moyen d'un ressort dissimulé, il s'était abattu au seuil de la chambre au trésor, vaincu par la drogue. Caine s'adossa à la paroi, le temps de reprendre son souffle. *Ainsi ça y était enfin !* À ses pieds, Hoogleborn ronflait, les épaules et la tête engagées dans la chambre mystérieuse de Herr Von. Se doutant de quelque chose, il avait voulu – à la dernière minute – trouver refuge dans le sanctuaire de la maison-bunker, dans ce saint des saints inviolable sur lequel il veillait depuis tant d'années. Ce réflexe n'avait abouti qu'à révéler l'entrée du lieu. À peine le panneau libéré, le vieux s'était écroulé dans l'entrebâillement de la porte cachée, la bloquant en position ouverte.

Caine leva la lampe et enjamba le corps du vieillard inconscient. « Tu y es ! » chantonnait en lui une petite voix hystérique. « Tu y es ! » De l'autre côté il y avait une plate-forme et un escalier de fer rouillé qui plongeait dans un puits très étroit. Cela ressemblait à un escalier de phare ou de tour de guet, à cette différence près qu'au lieu de s'élever il s'enfonçait dans la masse du piton rocheux. Le romancier s'y engagea, faisant gémir les marches oxydées. La sueur le recouvrait tout entier et il claquait des dents. La descente lui sembla interminable, mais il dompta son imagination qui lui laissait entrevoir des échappées d'abîme. À la résonance, il estima que le puits ne devait pas excéder dix mètres. Enfin il toucha le sol. À présent il se trouvait au cœur même de la colonne de pierre de Casamuerta, sous les fondations du bunker. Une salle éclairée par une lumière tremblotante s'ouvrait devant lui. Tout d'abord il aperçut des vitrines et des tentures. Des draperies festonnées d'or et frappées de la croix gammée. La semi-obscurité qui régnait en ces lieux conférait à l'endroit une atmosphère sépulcrale. Les vitrines disposées de part et d'autre de la travée accrochaient des éclats de lumière. Un long tapis écarlate traversait toute la salle pour aboutir à ce qui semblait être un rideau de théâtre. Caine avança, la gorge nouée, la poitrine comprimée par l'angoisse. Ses yeux s'habituaient à la pénombre. Dominant son hypnose, il se rua sur la première vitrine dont il saisit les arêtes à pleines mains. Tout d'abord il ne parvint pas à identifier ce qui s'y trouvait aligné, et crut qu'il s'agissait de turquoises soigneusement disposées sur un coussin de soie blanche. Ce n'est qu'au bout d'une minute qu'il comprit qu'il avait devant lui les verres de contact bleus d'Arturo Aguilados y Portozas ! Ces lentilles à l'aide desquelles il avait coutume de masquer ses yeux noirs, si peu aryens ! Un doute affreux l'envahit…

Un peu plus loin, pendus à des cintres, il y avait des uniformes de pacotille surchargés de décorations fantaisistes, des costumes d'apparat, inspirés des uniformes du Reich, mais revus et corrigés par l'imagination baroque d'Aguilados. Des vêtements sur lesquels fleurissait la tête de mort du *Totenkopfverband*. Caine haleta, une boule au creux de l'estomac. Un musée ! Il était dans un musée consacré à Herr Von ! Le musée dont Hoogleborn s'était fait à la fois le gardien et le conservateur. Une grande peinture à l'huile lourdement encadrée de volutes rococo occupait le mur de gauche. C'était un portrait « fantasmé » représentant Herr Von en compagnie d'Adolf Hitler au sommet d'une quelconque tribune d'honneur, sur fond de drapeaux écarlates et de bras levés. Le tableau, traité dans le plus pur style « pompier », mettait en scène un

Arturo Aguilados aryanisé à outrance, à la peau pâle d'albinos et aux cheveux d'or.

Un autre présentoir offrait au regard la trousse de toilette du maître de Casamuerta, avec ses brosses, ses peignes, ses flacons de produits éclaircissants pour la peau, et ses bouteilles d'eau oxygénée pour les cheveux.

« Ce n'est pas vrai, balbutia Caine. Ce n'est pas vrai… »

Il marmonnait, ne réalisant même pas qu'il parlait à voix haute. Un grand sous-verre exposait un plan de San-Carmino aux rues entièrement rebaptisées de noms empruntés à la mythologie germanique.

Caine négligea les autres présentoirs, tous chargés de babioles jaunissantes, et fonça vers le grand rideau du fond dont il écarta violemment les pans.

Cette fois il crut que son cœur allait exploser.

Il se trouvait dans une bulle de ciment analogue à la tourelle d'observation d'un blockhaus. Une fente horizontale masquée de végétation déchirait la paroi, s'ouvrant sur le panorama de la baie et les buildings de San-Carmino. Devant cette meurtrière creusée au flanc du piton rocheux – à plus de vingt mètres du sol et du niveau de la mer – on avait amené un objet monstrueux que le romancier identifia sans mal…

C'était un *Schwere Panzerbusche 41*…

Un canon antichar de 28 mm à âme conique qu'on avait monté sur une plate-forme de tir pivotante ! Le monstre de deux cents kilos n'accusait pas une tache de rouille et chacun de ses volants de pointage brillait dans les rayons du soleil qui s'infiltraient par la bouche de la meurtrière. Le canon, prolongé de son curieux manchon, ne dépassait pas à l'extérieur, si bien qu'il était probablement invisible, même à la jumelle. Caine fit quelques pas, cherchant dans sa mémoire des éléments d'information. En maniaque des armes, il savait que le PZB 41 était capable de tirer des obus perforants à une vitesse initiale de 1 400 mètres à la seconde. Deux hommes suffisaient à le manœuvrer, et, en ôtant le manchon, on pouvait passer sans problème des obus de rupture aux obus explosifs... Ceux-ci s'alignaient d'ailleurs comme des quilles sinistres le long de la paroi de pierre. Il y en avait plus de deux cents. Des projectiles en carbure de tungstène extraordinairement durs enveloppés dans un alliage léger.

Un nom avait été peint en lettres gothiques sur le bouclier de l'arme : *L'Iguane*.

Caine vacilla. Il comprit qu'il venait de trouver le trésor – l'unique trésor – de Casamuerta...

L'iguane, dont la morsure devait permettre à Herr Von de régner sur San-Carmino sans craindre la moindre opposition.

Un canon ! Un simple canon antichar, mais dont le tir aurait pulvérisé la bourgade en l'espace de trois ou quatre coups bien ajustés ! Voilà ce qu'Arturo Aguilados avait caché comme un butin inestimable : une arme « secrète », un moyen imparable de tenir la ville à sa merci, d'y imposer sa loi, d'y lever une armée ! À force d'intrigues, il avait obtenu que lui soit livré du matériel de guerre : le fourniment d'une future légion, et ce canon, qu'on avait dû descendre en pièces détachées dans cette bulle de pierre enfouie à l'intérieur du piton rocheux supportant la maison-bunker. C'était là qu'il avait installé sa « salle du trône », son autel de puissance… Les fusils avaient rouillé, les uniformes avaient pourri, mais le canon, lui, régulièrement entretenu par Hoogleborn, était resté flambant neuf !

Caine inspecta rapidement la casemate de tir, mais il n'y avait aucune autre porte, aucun autre accès. La roche nue ne s'ouvrait que dans le bâillement filiforme de la meurtrière embrassant San-Carmino.

Dieu ! *Comme ils avaient été stupides* : lui, Cazinsky, Súna, Nuco… Ils avaient cru à l'or de Casamuerta, aux lingots, et il n'y avait que ce canon, cette antiquité… Mais après tout il n'y avait là rien de très surprenant, et cette conclusion s'inscrivait parfaitement dans la ligne directe de l'action de Herr Von ! Le tyranneau s'était toujours souhaité général, roi, maître des foudres guerrières. Sa folie avait toujours emprunté l'aspect d'une rêverie armée. Grâce à ses manigances, Casamuerta aurait pu devenir le véritable « poste de pilotage » de San-Carmino, l'endroit d'où il aurait tenu les rênes de la cité. Casamuerta aurait alors pris l'allure d'une épée de Damoclès.

Caine palpa les parois. Un plan de tir jauni, friable, reposait, punaisé sur un pupitre, près d'une énorme paire de jumelles d'artilleur avec lesquelles on pouvait sans mal surveiller les rues de la ville. Ce plan, c'était la copie du calque découvert par Cazinsky. À présent, les lignes et les chiffres se faisaient limpides. Il s'agissait des angles de tir commandant les divers objectifs à détruire : les trois statues creuses bourrées d'explosifs et d'armes inutiles. Pourquoi Arturo Aguilados avait-il établi ce tracé ? Prévoyait-il de détruire les arsenaux souterrains en cas de soulèvement ? Agissait-il par dépit, faute d'avoir pu recruter une garde prétorienne enthousiaste ? Quoi qu'il en soit, sa mort prématurée avait mis fin à son rêve de puissance. Seul Hoogleborn était resté fidèle. Hoogleborn le gardien, le guetteur, Hoogleborn la sentinelle ! Ainsi, le vieillard venait là tous les jours prendre l'affût près du canon comme une sentinelle qui assure son tour de garde… Il avait scrupuleusement graissé l'arme, rassemblé les reliques du grand homme disparu. Caine se secoua. Il ne pouvait pas s'attarder davantage. De toute manière, il était évident qu'il avait échoué, qu'ils avaient *tous* échoué.

Groggy, il traversa la salle d'exposition et tituba vers l'escalier de fer. Il respirait mal et ses mains étaient glacées.

Hoogleborn ronflait toujours, affalé dans l'entrebâillement du passage secret. Désormais tout cela était dérisoire. Caine l'enjamba. Il se sentait fatigué. Il lui sembla qu'il dépensait une énergie considérable pour se hisser jusqu'à la terrasse. Chemin faisant il ramassa des morceaux de bois, des planches et des lattes de parquets éparses. Lorsqu'il fut à l'air libre, il improvisa un bûcher et y mit le feu. Il n'espérait plus qu'une chose : que Nuco aperçoive le signal et vienne au plus vite le chercher. Maintenant il voulait partir, rentrer chez lui. Oublier. Il était fatigué, si fatigué…

11

Nuco aborda une demi-heure plus tard. Il semblait inquiet et pressa Caine de sauter dans le canot.

– Grouillez-vous ! grogna-t-il, il y a un zodiac de la milice qui patrouille, un pneumatique équipé d'une mitrailleuse, je ne tiens pas à me faire repérer. Je ne sais pas ce qu'ils fichent dans le coin, ils ne poussaient jamais jusqu'ici d'habitude.

Caine haussa les épaules. Peut-être les gardiens venaient-ils repérer les lieux en vue des travaux qui n'allaient plus tarder à débuter maintenant ?

Le dinghy filait au ras de l'eau, dans un déchirement d'écume. Le romancier se tassa sur lui-même, appréhendant le moment où il faudrait révéler la vérité à ses partenaires. Comme la fois précédente, ils traînèrent l'embarcation sur le sable pour l'introduire dans la faille rocheuse où le piano achevait de pourrir. La camionnette et son odeur d'insectes grillés attendait derrière les dunes.

– Alors ? interrogea l'Indien en se glissant au volant, quelque chose ?

Caine hocha la tête.

– Quelque chose que vous n'aimerez pas, confirma-t-il, vous voulez savoir ?

– Non, pas avant Súna. J'espère que vous n'avez pas fait de conneries, elle est d'une humeur massacrante.

Ils roulèrent en silence jusqu'à la maison. Nuco conduisait lentement, comme s'il voulait retarder le moment de la confrontation.

– C'est vraiment une mauvaise nouvelle ? insista-t-il en freinant devant le porche vermoulu.

– Vraiment.

– Alors vous allez vous déplacer en terrain miné, mon vieux. Surtout n'essayez pas de mentir ou de gagner du temps, allez droit au but.

Il ouvrit la portière, sauta sur le sol. Caine l'imita avec l'empressement d'un condamné à mort. Les marches du perron craquèrent sous son poids. Les volets clos plongeaient l'ancienne maison des bonnes sœurs assassinées dans une semi-obscurité. Súna était assise sur un tabouret, au centre d'une pièce vide à la tapisserie déchirée. Elle était vêtue de la combinaison de moto dont la fermeture Éclair ne montait pas plus haut que son sternum. Elle transpirait abondamment et tirait sur un gros mégot informe. Une odeur de ganja emplissait la pièce.

– Alors ? dit-elle de sa voix atone.

– J'ai trouvé le trésor, murmura sombrement Caine. Il ne vous reste plus qu'à ouvrir une boutique de brocante…

Súna se redressa. Ses narines frémissaient et ses pupilles étaient dilatées à l'extrême.

– Tu as échoué, constata-t-elle simplement, raconte !

Il raconta tout : le passage secret, le musée grotesque, le canon pointé sur San-Carmino du haut de sa meurtrière cachée…

Nuco jura grossièrement.

– Tu déconnes ! rugit-il. Il ne peut pas y avoir que ça !

– Mais si ! cria Caine sur un ton trop aigu. Pour Herr Von c'était un vrai trésor ! Le moyen suprême de mettre San-Carmino à genoux. Réfléchissez, ce type était riche, mais haï, détesté. On le prenait pour un fou. On avait peur de lui, mais en même temps on le brocardait. Personne ne voulait lui emboîter le pas. Il restait seul à rêver, seul avec Hoogleborn, son valet. Pour les autres, il était le mauvais, le diable blond. Aucun Indio n'aurait voulu entrer à son service. Il rêvait de lever une armée, d'entraîner les foules à sa suite, mais tout le monde le fuyait. Il voulait bâtir un mini-royaume, faire de sa ville un poste avancé du Reich ; mais qui, ici, se souciait de cet idéal ? On le laissait délirer dans son coin comme un idiot de village. Alors il a eu l'idée d'imposer sa loi par la terreur. Sans hommes de main, sans milice personnelle. Il a imaginé de régner au moyen d'un seul objet, d'une épée de Damoclès : le canon.

– Mais pourquoi personne n'en a jamais entendu parler ? objecta Nuco.

Caine eut un geste d'impuissance.

– Parce qu'il est mort avant de poser publiquement les termes de son chantage. Qui l'a tué ? On ne le saura jamais, mais il est mort à temps. San-Carmino est passé sans le savoir à côté d'une grande menace. À côté de l'esclavage. Ce canon, c'était pour Aguilados l'équivalent d'une couronne. Vous comprenez cela ? Voilà pourquoi il a fait tant de mystères, pourquoi il l'a caché plus soigneusement qu'un tas de lingots. Il fallait que personne ne puisse saboter ou même approcher l'instrument de sa puissance, et ce désir de dissimulation nous a tous induits en erreur : Cazinsky, vous, moi…

– Et si tu mentais ? siffla Súna en s'approchant de lui à le toucher.

– Vous pouvez vérifier, haleta Caine avec lassitude. Hoogleborn doit toujours ronfler en travers du passage. Il n'y a rien que cette caverne. Une sorte de bulle au creux de la pierre, un lieu que Herr Von a sans doute découvert lors de la construction du bunker et qu'il a patiemment aménagé.

– Avec l'aide de qui ?

– De son valet d'abord, et puis d'ouvriers amenés de régions lointaines, du fin fond de l'arrière-pays. Des inconnus sans importance que Hoogleborn a très bien pu faire disparaître sitôt la besogne achevée. Personne n'a réellement fait attention à ce qui se passait à Casamuerta. Pour les Indios, Aguilados était un diable dont il fallait se tenir éloigné ; pour les bourgeois, un fils de famille dévoyé qu'il valait mieux ignorer, un illuminé qui gaspillait sa fortune en travaux imbéciles, comme l'aménagement d'un piton rocheux en forteresse.

– Tais-toi ! coupa brutalement Súna en portant les mains à ses tempes. Tu parles trop, ta voix me fait l'effet d'une scie sur du verre ! Tais-toi !

Nuco tira Caine en arrière, comme s'il redoutait une réaction violente de la jeune femme. Pendant quelques secondes l'atmosphère se fit atrocement lourde. Caine sentit que Súna luttait contre des pulsions contradictoires. Des pulsions de meurtre, de destruction. Une envie de noyer sa déception dans le sang, dans le tourbillon d'un massacre libérateur. « Elle va me tuer, pensa-t-il froidement. J'ai détruit son rêve. Elle ne le supportera pas… »

La main de Nuco vibrait sur le bras de Caine. On devinait sans mal l'extrême tension du colosse. Il savait le carnage imminent et s'y préparait. Brusquement Súna releva la tête. Elle souriait et son visage était illuminé comme sous l'effet d'une inspiration géniale. Un moment, Caine crut qu'elle était devenue folle.

– Ton faux trésor est mieux que le vrai ! souffla-t-elle en saisissant le jeune homme aux épaules. Ce que tu as trouvé est aussi précieux que l'or… Ton échec nous fait gagner du temps. L'absence de trésor est un raccourci. Les choses sont pour le mieux, tout s'arrange à notre avantage. Vous ne comprenez pas ?

– Súna, hasarda Nuco. Calme-toi… Tu…

– Mais non ! cria-t-elle, vous ne comprenez rien ! L'or de Casamuerta n'était qu'un moyen pour nous. Nous ne voulions ce trésor que pour acheter la puissance de nous opposer à la milice, que pour monnayer la force de combattre Parduras et l'exploitation minière. Désormais cette force nous l'avons. *Nous l'avons !*

Caine sentit très réellement ses cheveux se dresser sur sa nuque.

– Tu veux dire ? hoqueta-t-il.

– Mais oui, haleta Súna. *Le canon !* Nous allons retourner le canon de Herr Von contre la mine ! Nous allons faire exploser le barrage hydro-électrique, toute l'exploitation sera noyée, les gardes, Parduras, tous mourront, emportés par le flot ! balayés par la trombe !

Caine écarquilla les yeux, écrasé de stupeur. Nuco lui-même avait sauté en arrière, comme si, de Súna, émanait soudain un halo de radiations mortelles.

– Le canon ! répéta-t-elle. On peut le faire pivoter sur son axe et tirer un à un tous les obus de la réserve. Personne à la mine n'aura le temps de réaliser d'où vient l'attaque. Personne ne songera à Casamuerta.

– Mais techniquement..., balbutia Caine, techniquement c'est impossible... Ce n'est qu'un canon antichar ; à huit cents mètres, il ne doit pas pouvoir percer plus de sept centimètres de blindage. Ce n'est pas un obusier conçu pour raser les villes. Les projectiles s'écraseront à la surface du béton, ou bien l'entameront à peine... Tu ne feras pas éclater la muraille en deux ou trois tirs...

– Je m'en doute bien ! hurla Súna, mais si l'on concentre tous les tirs au même endroit on ouvrira une fêlure, une faille ! La poussée des eaux de retenue fera le reste. Le barrage aura son talon d'Achille et le fleuve saura l'exploiter.

– C'est une arme trop faible, tenta encore d'objecter le romancier, mais c'est la seule qui pouvait tenir à l'intérieur de la caverne et être manipulée par une équipe extrêmement réduite. Aguilados savait qu'un obus ne suffirait pas à volatiliser un immeuble, la mairie ou le bâtiment de la garde civile… C'est pour ça qu'il a truffé la ville de monuments piégés, pour compenser le faible pouvoir explosif de ses obus. En tirant sur les statues minées, c'est comme s'il avait tiré une balle de revolver dans un tonneau de poudre noire ! Mais tu ne disposeras pas de ce subterfuge lorsque tu t'attaqueras au barrage…

– Tu ne peux pas détruire le barrage ! riposta Nuco. S'il rompt, la milice sera noyée, mais aussi tous les travailleurs. Tous les pauvres gars qui travaillent là-bas au fond des galeries. Non ! Tu ne peux pas faire ça. Je suis allé à Pitsacoa, moi ! J'ai partagé leur sort… Je ne veux pas être complice de leur mort, c'est comme si nous devenions aussi salauds que Parduras et ses chiens.

– Nous livrons un combat ! haleta Súna, tu ne peux pas sombrer dans le sentimentalisme ! Aucun général ne refuserait de bombarder une base ennemie parce qu'il sait qu'un certain nombre de prisonniers s'y trouvent enfermés. Réfléchis ! Il faut accepter certains sacrifices ! C'est notre seule chance de détruire totalement Parduras ! Après une telle catastrophe, il faudra des années pour reconstruire la mine, et plus personne n'acceptera d'y travailler, nous aurons gagné sur tous les tableaux.

– Non, cria Nuco. Tu deviens folle ! Tu perds le sens des réalités ! Nous ne pouvons pas tuer nos frères ! Je ne te laisserai pas faire ça. Abandonne cette idée, nous trouverons autre chose. Je t'en supplie, ne me force pas à… à…

– À me combattre ? compléta Súna d'un ton glacé.

– C'est… ça, murmura le colosse en baissant la tête. C'est ça. Je ne le veux pas, mais ça… ce massacre, je n'en serais pas capable. Je ne pourrais pas vivre avec ce souvenir. On trouvera autre chose, Súna… Écoute-moi !

Il tenta de lui saisir la main, mais elle se dégagea d'un mouvement brusque. Elle parut hésiter, marcha vers le fond de la pièce et s'immobilisa, face au mur. Au bout d'une minute elle pivota sur elle-même et désigna Caine de l'index.

– Enferme celui-là, ordonna-t-elle, ensuite nous discuterons entre nous.

– D'accord, approuva Nuco visiblement soulagé, d'accord.

Et il poussa Caine vers l'escalier et la chambre aux volets cloués. Une fois de plus le romancier se retrouva bouclé dans le réduit aux relents d'urine. Il s'accroupit contre la porte et écouta les pas de l'Indien qui redescendait au rez-de-chaussée. Il s'aperçut qu'il tremblait. La tournure prise par les événements le glaçait de terreur. On était brusquement passé d'une course au trésor à une gigantesque action terroriste, jamais il n'avait envisagé une telle métamorphose. Il ne voulait pas se retrouver complice d'un massacre, car il était fort possible que Súna ait raison. Le premier obus s'écraserait à la surface du mur de béton retenant les eaux du fleuve, oui, mais les suivants ? Les… dix ou quinze suivants ? Il n'était pas impossible qu'une fêlure s'ouvre dans la maçonnerie, qu'une faille s'agrandisse sous la formidable poussée des eaux. Il se prit la tête dans les mains. Jamais il n'avait eu aussi peur de sa vie. Il demeura ainsi, pétrifié par l'horreur, minéralisé par l'impuissance pendant que des éclats de voix montaient du rez-de-chaussée.

Au bout d'un temps indéterminé, Nuco remonta, porteur d'une assiette de galettes de maïs et d'un pot de café fumant. Il avait l'air tourmenté et une sueur grasse faisait luire son visage comme si on lui avait jeté un verre d'huile d'olive à la figure. Il déposa les aliments sur le sol et se dandina d'un pied sur l'autre. Il cherchait visiblement à formuler une pensée que son inconscient refusait à libérer. Une constatation désagréable, voire honteuse. « Vas-y ! pensa Caine. Dis-le ! Dis-le que Súna est folle à lier et que tu viens de le comprendre, dis-le ! »

Au lieu de cela, il se contenta de murmurer :

– Alors, ça s'arrange ?

L'Indien grimaça.

– Pas encore, mais je crois qu'elle va se calmer. On a toute la nuit, je finirai bien par lui faire entendre raison, oui, j'y arriverai.

– Je l'espère, ça va trop loin, Nuco, la déception lui a tourné la tête. La suivre, c'est chausser les souliers de Herr Von avec cinquante ans de retard !

– Je sais tout ça. Mais elle n'a pas tout à fait tort. S'il n'y avait pas les travailleurs, je serais le premier à charger la culasse de ce foutu canon… Mais je ne peux pas laisser noyer ces pauvres types comme des rats, je connais la plupart d'entre eux.

Caine haussa les épaules.

– Hoogleborn doit être réveillé maintenant, observa-t-il. S'il n'est pas totalement idiot, il a enfin compris qu'on le droguait. Vous croyez que, dans ces conditions, il nous laissera poser le pied sur l'île ? Qui vous dit qu'en ce moment même, il n'est pas en train de pointer le canon sur la maison ? *Sur nous !* Il y avait d'énormes jumelles dans la tourelle de tir ; je suis certain qu'il n'a pas cessé d'espionner nos va-et-vient. Il sait où se cache Súna… alors c'est facile : une poussée, deux coups de volant, et la baraque se place dans la ligne de tir. Vous imaginez un obus explosif tombant au milieu de cette bicoque ? Il a entre les mains une arme légère, très maniable. Il peut nous pulvériser n'importe quand… Dans une heure, demain à l'aube, lorsque nous tenterons d'aborder à Casamuerta… Le plus sage serait de profiter de la nuit pour filer, pour nous disperser dans la nature et oublier cette histoire de fou.

Nuco leva la main, coupant court au monologue du romancier.

– Laissez tomber, fit-il avec lassitude, vous prêchez un convaincu. Prenez patience, j'espère arriver à un compromis. Il faut attendre qu'elle se calme, c'est tout. Elle va se fatiguer, nous dormirons, et demain on y verra plus clair.

Il ressortit sur le palier, verrouilla la porte. Caine s'allongea sur le plancher et se mit à attendre, les yeux grands ouverts dans l'obscurité, guettant le sifflement de l'obus qui allait éparpiller la maison d'une seconde à l'autre. À la place de Hoogleborn, il n'aurait pas agi autrement et il s'étonnait d'être encore en vie.

La voix aiguë de Súna montait du rez-de-chaussée en trilles haineux. Il finit par s'endormir, près du pot de café maintenant refroidi.

Ce fut le bruit de la clef dans la serrure qui le réveilla quelques heures plus tard. Des rais de soleil découpaient la pénombre en lignes parallèles. Il faisait jour…

Súna se tenait dans l'entrebâillement de la porte. Toujours vêtue de sa combinaison de cuir, elle avait les yeux profondément cernés et le regard fixe.

– Prépare-toi, murmura-t-elle, on part. Je t'attends en bas.

Caine se redressa, le corps scié de courbatures. Il allait poser une question, mais Súna avait déjà tourné les talons et dévalait l'escalier. Il se retrouva donc seul sur le palier, abruti par sa mauvaise nuit. La maison était silencieuse et il ne perçut aucun écho de dialogue. Il fit quelques pas, alla dans la chambre de la jeune femme pour s'assurer qu'il n'avait laissé aucune affaire personnelle. En passant le seuil, quelque chose craqua sous sa semelle… C'étaient des débris de verre teinté. Les morceaux épars d'un culot de bouteille. Instinctivement il leva les yeux vers la cheminée. La bouteille de bière jadis rangée sous le globe de verre avait disparu… ou plutôt on l'avait brisée sur l'arête de marbre de la tablette comme en témoignaient les débris éparpillés sur la moquette. Il haussa les sourcils. Pourquoi Súna avait-elle brusquement décidé de détruire ce symbole ? Parce qu'elle voyait sa revanche toute proche ? Parce qu'elle n'avait pas renoncé à son idée de destruction ?

Il grelotta dans ses vêtements fripés. Le silence de la maison l'oppressait. Où était Nuco ? Gagné par un pressentiment, il marcha vers le fond du couloir, ouvrit une à une les portes des autres chambres. L'Indien se trouvait dans la dernière. Allongé sur un matelas posé à même le sol. Les yeux grands ouverts, il fixait désespérément le plafond. On lui avait tranché la gorge avec la moitié supérieure d'une bouteille de bière brisée. Le sang de l'hémorragie avait été absorbé par la paillasse, la transformant en une grosse éponge écarlate.

– Il était devenu comme les autres, siffla Súna dans le dos de Caine. Il était passé dans leur camp. Pour m'empêcher d'aller jusqu'au bout, il était prêt à me tuer ou à me dénoncer, je l'ai lu dans ses yeux. Il n'y avait pas d'autre solution. Maintenant viens, j'ai besoin de toi… Tu vas le remplacer.

– Mais pour quoi ?

– Pour venir à bout du vieux fou. Nous allons nous emparer du canon. Si tout va bien, dans une heure nous serons les maîtres de Casamuerta. Nous tiendrons la foudre entre nos mains. Nous allons réveiller le tonnerre endormi. Viens, c'est un grand jour. Un très grand jour !

» Nous ne prendrons pas le dinghy, ajouta-t-elle. La faille où il est caché est dans l'axe de tir du canon, il nous faudrait descendre sur la plage des dunes. Hoogleborn pourrait nous apercevoir et être tenté de tirer. Avec la distance, le vent, le bruit des vagues, personne n'entendrait la détonation. Nous allons pousser jusqu'au bidonville en passant derrière les dunes. Les Indios nous prêteront une pirogue. Nous prendrons l'île à revers. Nous aborderons dans le dos d'Hoogleborn. Qu'est-ce que tu en penses ?

Caine s'enfonça les ongles dans les paumes. Il savait qu'il devait parler normalement sous peine d'éveiller une épouvantable tempête. Du coin de l'œil, il cherchait à vérifier si la jeune femme portait ou non une arme.

– S'il nous voit débarquer, il peut s'enfermer à l'intérieur de la tourelle de tir, objecta-t-il. Je ne connais pas le mécanisme d'ouverture du passage secret.

– Dans ce cas, nous ferons le siège de la maison, trancha Súna. Il faudra bien qu'il sorte pour se nourrir.

– Il a aussi une arme, un vieux Lüger, je l'ai vu, hasarda-t-il, mais Súna haussa les épaules comme s'il s'agissait d'un détail négligeable.

– Allez, fit-elle, nous avons assez perdu de temps. Le barrage nous attend.

Caine se laissa pousser hors de la maison. Ses muscles n'étaient plus que des sacs de fibres molles, des poches flasques accrochées çà et là sur son squelette comme à un portemanteau. Il tituba sur le perron. La chaleur cuisait la poussière, durcissant le sol, fendillant la terre. Le goudron bavait de part et d'autre de la chaussée comme un trait d'encre noire jeté sur un papier buvard par une plume écornée. La camionnette attendait, arrêtée en plein soleil. Caine descendit mécaniquement les marches de bois qui gémirent sous son poids. Il n'avait même plus peur. Il contourna le véhicule aux flancs brûlants. Súna fouilla dans l'une des poches de sa combinaison de cuir et en tira un trousseau de clefs plates.

Et soudain, au moment où elle déverrouillait la portière, *Caine entendit chanter l'oiseau*…

À vrai dire, ce n'était pas un chant, plutôt un sifflement, un trille aigu qui déchirait l'air, et dont la stridence agaçait le tympan. Caine leva les yeux. Il ne vit rien mais sentit un souffle, une sorte d'aspiration, un entonnoir invisible creusant l'atmosphère…

L'instant d'après la maison se volatilisa dans une explosion d'échardes. Après avoir traversé la façade, l'obus avait explosé au niveau du premier étage, à la hauteur du plancher. L'énergie libérée par la déflagration coupa la bâtisse en deux. Conçue pour éventrer un char d'assaut lourdement caparaçonné, la charge pulvérisa sans peine la charpente et les cloisons à demi rongées par les termites, transformant la maison en un geyser d'esquilles qui monta haut dans le ciel à la verticale de la route. Par la suite, Caine ne garda aucun souvenir de l'explosion, du bruit qui avait sans aucun doute présidé à cette dislocation. Il ne conserva que l'image de la baraque perdant toute armature pour se changer en tornade de planches…

Comme dans un rêve, il vit les débris tournoyer au ralenti, grimper telles des fusées de feu d'artifice, puis amorcer leur courbe de descente. Alors seulement il réalisa que ces esquilles, ces tronçons étaient autant d'épieux, de flèches, de sagaies qui fondaient sur lui. Sans réfléchir, il se jeta sous la camionnette, se poissant les mains au goudron amolli par la chaleur.

Maintenant les morceaux acérés se fichaient dans le toit du véhicule, le faisant résonner tel un baril vide. Des échardes larges comme des lames de sabre se plantaient en vibrant dans l'asphalte mou. La pluie semblait ne jamais devoir finir. Elle criblait le sol de mille fléchettes inégales, lui donnant l'allure d'un tapis de fakir.

Après vint la poussière. Nuage de terre sèche et de sable mêlés. Caine toussa, essaya de se relever mais se cogna la tête aux contours du châssis. Des étincelles dansèrent sous ses paupières... Il songea : « Dès que la poussière sera retombée, il va tirer son deuxième obus... La camionnette forme une cible trop parfaite. Le premier tir était trop long, ce n'est plus qu'une question de minutes... »

Il rampa dans le cambouis pour s'extirper de dessous le camion condamné. Ses tympans sifflaient mais il devina une grande agitation autour de lui. Des crissements de freins, un hurlement de sirène...

On le saisit sous les aisselles pour le mettre debout. Il vit alors qu'il était entouré d'automitrailleuses. Des miliciens en tenue de brousse couraient en tous sens, l'arme à la main. Une bouche criait quelque chose à vingt centimètres de son visage mais il n'entendait rien. On le soutenait. Il finit par comprendre :

– Qu'est-ce qui s'est passé ?

– La maison, balbutia-t-il au hasard, une bombe derrière la porte...

On l'adossa au flanc d'un véhicule de patrouille. Il souffla. À présent il ne risquait plus rien. Hooglebom ne pouvait pas tirer un deuxième obus sans immédiatement éveiller l'attention des gardes éparpillés autour des décombres de la maison.

– Hé ! cria soudain l'un des miliciens, mais c'est Súna ! La petite Súna, la serveuse de chez Ronito ! Bon Dieu, qu'est-ce qu'elle a pris !

Caine tituba, luttant pour décoller ses omoplates du blindage.

– Allons ! grogna un garde en s'interposant, restez tranquille, señor, c'est pas beau à voir.

Mais Caine avait déjà embrassé toute la scène : Súna clouée sur le flanc de la camionnette par les esquilles de bois, crucifiée sur la tôle par une dizaine d'échardes acérées comme des couteaux. Les débris de planches lui avaient crevé la gorge, la poitrine et le ventre, avant de percer le métal du véhicule, épinglant le cadavre comme on cloue la dépouille d'une chouette sur la porte d'une grange.

– C'est encore un coup de Miss O ! gronda celui qui paraissait commander le groupe. C'était trop calme depuis un moment, je sentais venir le truc. Qu'est-ce que vous attendez pour décrocher cette pauvre gosse, bon sang !

Caine se laissa couler sur le sol. On le releva une nouvelle fois pour l'asseoir sur un marchepied. Une main le fouilla prestement, s'empara de son passeport. Puis on se désintéressa de lui. Dans le brouillard de l'hébétude il vit qu'on étendait Súna sur la route et qu'on recouvrait son corps d'une bâche. Tout allait trop vite et trop lentement, tout à la fois.

– Sans doute une bombe artisanale, fit quelqu'un sur sa gauche. Elle a sauté quand la fille a poussé la porte…

– Mais pourquoi s'en prendre à une serveuse de bar ? marmonna un second milicien, tu trouves ça « politique », toi ?

– Mais oui, la petite Súna faisait la pute avec les touristes et les vieux friqués de la ville haute. C'était un secret pour personne. On la croisait souvent le soir, sur sa moto. Elle allait sucer ses clients attitrés… Pour Miss O, c'était sûrement inacceptable. Ces foutues révolutionnaires sont toutes des mal baisées, c'est connu. Tu ne te rappelles pas comment elle a réglé son compte à la fille Perez qui couchait avec Parduras ?

Caine lutta contre le rire nerveux qui naissait lentement au fond de son ventre. *Miss O victime de Miss O !* C'était une fin merveilleusement loufoque pour une histoire absurde. Il hoqueta. On lui tendit une gourde. D'abord de l'eau, puis un peu d'alcool. Il toussa. Tous les os de son crâne brinquebalaient sous son cuir chevelu tels des débris de porcelaine qu'on aurait secoués au fond d'un sac de peau.

Il perdit la notion du temps. Peut-être même sombra-t-il dans l'inconscience. Quand il revint à lui, il était coincé entre les accoudoirs d'un fauteuil de bois usé, dans un bureau de police aux rideaux tirés, sous l'hélice d'un énorme ventilateur. Des mouches buvaient sa sueur. Derrière une table encombrée de paperasse, un gros homme en uniforme déployait beaucoup d'énergie pour éveiller son attention.

– Señor, répétait-il avec patience, señor ? Vous vous sentez bien ? Vous n'êtes pas blessé, c'est le choc, seulement le choc. Vous êtes comme un boxeur groggy. Il faut que vous restiez conscient. On a essayé de prévenir le médecin mais on n'a pas pu le joindre… Vous me comprenez ?

Caine hocha la tête, et grimaça de douleur.

– Vous êtes Oswald Caine, le romancier, c'est ça ? reprit le gros flic. On m'a signalé que vous veniez pour vous occuper des papiers du professeur Cazinsky, ce savant qui s'était installé sur l'île de Casamuerta. Maître Costagon, son homme de loi, m'a laissé une petite note avant de partir afin que la milice de la mine ne vous ennuie pas trop. Je suis désolé que vous ayez eu à souffrir des troubles qui agitent notre cité. Mais je dois faire un rapport. Je vais résumer brièvement, arrêtez-moi si je me trompe : en vous promenant dans San-Carmino vous avez été abordé par une jolie fille du nom de Súna. Du moins je suppose que ça s'est passé comme ça ? Oh, il n'y a pas de honte à être un homme ! Je ne vous jette pas la pierre ! Bien qu'on n'ait jamais eu de preuve, on a toujours suspecté cette petite serveuse de jouer les call-girls. Les miliciens l'aimaient bien d'ailleurs, elle travaillait dans un de leurs bars. Je suppose qu'elle vous a proposé de… l'accompagner chez elle pour passer un moment agréable ? Vous avez accepté, et c'est à l'instant où elle ouvrait la porte que l'explosion s'est produite. On a trouvé un autre corps à l'intérieur. Déchiqueté, bien sûr. Mais il s'agit probablement d'un certain Nuco Centavo. Un homme avec qui elle vivait.

Peut-être son maquereau. Vous vous rappelez ce qui s'est passé ?

– Non… Non, balbutia Caine. J'étais derrière la camionnette, je n'ai rien vu.

– Et c'est ce qui vous a sauvé ! triompha le fonctionnaire. Le véhicule a fait office de bouclier, vous isolant des projections. Je suis désolé que vous ayez été mêlé à cette triste affaire. Un acte de terrorisme, un de plus. On a voulu punir cette pauvre fille de se compromettre avec les « ennemis de la révolution ». Cette Miss O ne fait pas de détail, vous savez… Heureusement vous êtes sauf. J'espère que vous ne nous garderez pas rigueur de cet incident. Quand comptez-vous repartir ? Le plus vite possible, j'imagine ! D'ailleurs les travaux vont commencer de manière imminente sur l'île de Casamuerta.

Caine éructa une phrase incompréhensible. On lui mit entre les doigts un stylo-feutre graisseux et il dut signer une déposition dont il ne se rappelait pas avoir dicté le premier mot. On lui tendit son passeport et on le reconduisit jusqu'au seuil du poste de police en lui répétant l'adresse de l'unique médecin encore en fonction.

Il n'était pas suspect. Aux yeux de tous il avait failli périr au cours d'un attentat perpétré par Miss O. Attentat qui avait fait deux victimes : une petite serveuse, et son… « maquereau ». Dérisoire. Tout cela était dérisoire.

Miss O venait de mourir, tuée par Miss O… et personne ne le savait.

Désormais ne restaient plus en jeu que le concierge, tapi au centre de sa toile… et Caine, à la liberté sans emploi. Le drame tournait à la farce sinistre.

Le romancier s'engagea mécaniquement sous les arcades de la galerie marchande. La tête aussi vide que les rues environnantes. Il ne savait même pas où il allait…

12

Dès qu'il eut retrouvé ses esprits, il comprit qu'il ne devait pas traîner dans les rues, ou du moins qu'il aurait intérêt à se tenir éloigné des places, avenues et immeubles qu'on pouvait apercevoir depuis Casa-muerta. Hoogleborn le cherchait, il en était sûr. Il lui semblait presque sentir le regard du vieux épinglé dans sa nuque. D'ailleurs il n'avait aucune peine à imaginer le vieillard, penché dans l'ouverture de la meurtrière, les grosses jumelles d'artilleur rivées aux yeux, explorant San-Carmino à la recherche de sa proie. Le canon était extrêmement précis sur une distance de huit cents mètres, et même si Hoogle-born manquait de pratique, les obus explosifs représentaient un danger certain. San-Carmino, qu'on avait tenu à bâtir au carré, sur le modèle des villes américaines, offrait de nombreuses échappées sur l'océan, si bien qu'il était assez difficile de s'y déplacer sans, un moment ou à un autre, se retrouver contraint de passer à découvert.

Caine trouva refuge dans un café du centre. Aux tables voisines on ne parlait que de la bombe du matin… C'est en payant son repas que le romancier réalisa qu'il n'avait plus assez d'argent pour quitter

San-Carmino. Son portefeuille était vide, et il était inutile d'exhiber une carte de crédit dans cette cité fantôme où l'on ne tarderait pas à en revenir au troc. Sans doute Nuco et Súna s'étaient-ils arrangés pour lui subtiliser durant son sommeil la plus grande partie de son pécule afin de le dissuader de sauter dans le premier avion-taxi en partance pour la capitale ? Les quelques billets qu'il défroissa sur son genou ne représentaient guère plus que l'équivalent de trois repas dans une *cantina* du port. Il eut une brusque suée d'angoisse. Sans argent liquide il risquait de ne pas pouvoir rentrer en Californie, car les pilotes d'avions-taxis exigeaient d'être payés *cash*, et en dollars US. Il lui fallait dénicher une banque au plus vite s'il ne voulait pas se retrouver prisonnier de la ville fantôme.

L'estomac rongé par le *chili*, il se mit en quête d'un établissement où il pourrait retirer de l'argent liquide. Il eut la désagréable surprise d'apprendre que la succursale de la *Banco Cristobal de Molinos*, la seule encore en activité à San-Carmino, n'ouvrait plus ses guichets que deux jours par semaine, faute de clients. Le distributeur de billets ne fonctionnait pas. S'il désirait de l'argent frais, Caine devrait attendre trois jours le prochain passage du caissier.

Il essaya alors de contacter le consulat des États-Unis, mais il n'y avait plus d'antenne diplomatique américaine à San-Carmino, qu'on considérait comme une cité en voie de disparition. Le jour baissait et il n'était pas assez riche pour prendre une chambre dans le dernier hôtel encore en service sur la place San-Marco ; cependant il était hors de question qu'il passât la nuit dehors.

Dans un terrain vague, il ramassa une barre de fer taillée en biseau qu'on pouvait utiliser comme pied-de-biche, s'introduisit sans mal dans une résidence de standing et força la porte d'un appartement abandonné, comme le lui avait jadis conseillé Angela Potrezzo.

⁂

Dans les jours qui suivirent, il changea de tanière tous les soirs, s'installant au hasard de logements aux meubles tapis sous des housses aux allures de suaires. Il était empli de craintes vagues et redoutait de voir surgir Hoogleborn à tout moment. Cette obsession l'empêchait de dormir, si bien qu'il restait toute la nuit immobile dans un fauteuil, l'œil aux aguets, attentif aux bruits peuplant les ténèbres. Comme les singes se promenaient en toute liberté dans les immeubles, il sursautait souvent.

Durant le jour, lorsqu'il se déplaçait à l'extérieur, il s'arrangeait pour qu'un pâté de maisons lui cache Casamuerta. Les rues, les places d'où l'on pouvait apercevoir la mer l'emplissaient d'une angoisse viscérale. Il avait peur de s'y risquer, sachant qu'il y serait dans la même posture qu'un lièvre zigzaguant à découvert sur un champ pelé sous l'œil du chasseur. Il était terrorisé à l'idée que le concierge du bunker puisse le guetter de son perchoir de béton, ses jumelles d'artilleur rivées aux yeux, accoudé dans l'entrebâillement de la meurtrière, le canon chargé à côté de lui. Il savait que réveiller la foudre ne présentait aucune difficulté majeure pour le sentinelle de Casamuerta. Il suffisait que le gibier se risque à découvert, au long d'un boulevard désert, d'une avenue vide. Alors Hoogleborn corrigerait l'angle de tir du canon en quelques coups de volant, et le projectile filerait en susurrant son trille mortel.

Après ? Après on parlerait encore une fois d'attentat, de bombe artisanale… de Miss O ! Oui, Caine vivait dans la peau d'un lièvre. Un fusil énorme, pointé sur San-Carmino, attendait de l'isoler dans sa ligne de mire. L'extérieur n'était plus pour lui qu'un vaste champ de tir où il jouait le rôle désagréable de la cible vivante.

Il en vint rapidement à contracter un dégoût pour les grands espaces. Il renonça aux vastes appartements, dont les baies vitrées lui paraissaient trop vulnérables, et leur préféra des studios minuscules. Il s'alimentait régulièrement de *chili* en conserve dont il consommait le contenu sans même le réchauffer.

San-Carmino se refermait sur lui comme un terrier qui s'éboule.

Une nuit, sans vraiment savoir pourquoi, il se rendit au magasin d'Angela Potrezzo. Mais le rideau de fer était toujours tiré. Personne ne s'était soucié de découvrir le cadavre de la marchande de soutiens-gorge.

Enfin la banque ouvrit ses portes, et il put retirer sans trop de peine assez d'argent pour payer son passage sur l'un des avions-taxis qui faisaient la navette entre San-Carmino et la capitale. Toutefois, subsistait encore un problème : pour rejoindre l'aérodrome d'où s'envolaient les *pipercubs*, il lui faudrait prendre un bus et longer le littoral sur plus de six kilomètres. Durant une grande partie de ce trajet, il se trouverait à découvert, dans la ligne de tir du canon… La gare routière elle-même se dressait au bord de la plage, et Hoogleborn la surveillait sans aucun doute depuis plusieurs jours, sachant que c'était par là que sa future victime chercherait à s'enfuir. Il n'existait pas d'autre chemin pour sortir de San-Carmino, à moins de s'enfoncer dans la jungle, et cela c'était hors de question.

Caine s'attarda encore deux jours, ne parvenant pas à se décider. Il misait sur la fatigue du vieillard, et commençait à envisager d'avoir recours aux subterfuges les plus grotesques : se raser la barbe, se déguiser en *campesino*… Mais il ne se faisait pas d'illusion. Sa haute taille et son allure dégingandée le trahiraient au premier regard. De plus, Hoogleborn était équipé de jumelles extrêmement puissantes, et il n'aurait aucun mal à identifier le visage de sa proie, même sous un déguisement approximatif.

Il fallait prendre une décision avant de devenir fou. Un matin, Caine enfila de vieux vêtements qu'il avait découverts dans l'un des appartements qu'il squattait et se coiffa d'un chapeau de brousse délavé. Il choisit de rejoindre la gare routière pendant une averse, espérant que les trombes d'eau empêcheraient Hoogleborn de le repérer. C'était un bon stratagème, car pendant tout le trajet il put vérifier qu'il distinguait à peine la silhouette de l'île de Casamuerta à travers le rideau de pluie. En guise d'imperméable, il avait enfilé un grand sac-poubelle dans lequel il avait fait un trou pour passer la tête. Cette petite astuce lui permit d'arriver à la station à peu près sec. Il courut se cacher dans la salle d'attente, au milieu des cochons et des *campesinos*, et se recroquevilla dans un angle mort, là où personne ne pouvait le voir depuis l'extérieur. Il était terriblement tendu, sachant que tout se jouerait au moment où il devrait monter dans le car. C'était à cet instant précis que Hoogleborn risquait de le reconnaître. Il lui faudrait alors moins de deux minutes pour pointer le canon vers l'autobus... À une si courte distance l'effet d'un obus explosif serait effroyable. Le véhicule se désagrégerait instantanément et tous ses passagers seraient mis en pièces.

Une heure s'écoula, car le bus était en retard. La chose était fréquente et personne ne songeait à s'en plaindre. On mangeait des galettes de maïs, des oignons crus, tandis que les cochons noirs compissaient allégrement le carrelage de la salle d'attente. Caine rongeait son frein, se demandant s'il avait fait le bon choix. Peut-être aurait-il dû louer les services d'un chauffeur, se cacher dans le coffre de la voiture et se faire conduire ainsi à l'aéroport ? Mais il ne connaissait personne, et s'adresser à un inconnu rencontré dans un bar, c'était courir le risque de se faire couper la gorge à peine sorti de la ville.

Non, le bus représentait la meilleure solution.

Quand le véhicule arriva enfin, Caine prit soin de se mêler à la foule. Il marchait courbé, en boitant, pour modifier son allure. Les paysans l'entouraient, se disputant, brandissant des baluchons, des paquets et de vieilles valises. Il se glissa au milieu d'eux et s'assit côté travée, afin de ne pas se retrouver collé contre la vitre. Il suait d'abondance, et pas seulement à cause de l'absence de climatisation. Tout allait se jouer dans les vingt minutes qui suivraient. Ensuite, l'autobus serait hors de portée du canon… Mais vingt minutes, c'était interminable.

Il crut que le chauffeur ne se déciderait jamais à donner le signal du départ. En Amérique latine, la notion d'horaire fixe dépassait de beaucoup l'entendement des convoyeurs. C'était déjà une grande victoire quand l'autocar passait le jour dit.

Enfin le véhicule s'ébranla dans un bruit de ferraille et commença à longer la plage. Comble de malheur, la pluie s'était arrêtée et la visibilité était à nouveau parfaite. Caine devait faire des efforts terribles pour ne pas tourner la tête en direction de l'île. Est-ce qu'il aurait réussi à distinguer la fente horizontale de la meurtrière à cette distance ? Non, sûrement pas. La végétation, les racines, devaient la dissimuler au regard. Si Hoogleborn tirait maintenant, personne ne serait capable de déterminer d'où le coup était parti. Personne ne songerait à l'île de Casamuerta, et l'on imaginerait encore une histoire de bombe artisanale bricolée à l'aide d'un vieil obus…

Caine s'aperçut que ses mains tremblaient, et il les enfouit dans ses poches pour ne pas attirer l'attention. La peur faisait bourdonner ses oreilles et il songea stupidement que ce bruit l'empêcherait d'entendre le sifflement du projectile se rapprochant.

Il comptait les minutes. Le car paraissait se traîner au long de la plage mais c'était son allure ordinaire. Caine serrait les mâchoires à s'en faire éclater les dents. Il se représentait Hoogleborn, penché dans la découpe de la meurtrière, tournant frénétiquement la mollette de ses jumelles pour faire le point… Le vieux suivait l'autobus dans son lent cheminement, examinait chaque profil…

Un cahot ébranla le car, et, l'espace d'une seconde, Caine se crut mort, mais le chauffeur lança une plaisanterie et tous les passagers éclatèrent d'un rire bon enfant.

Enfin, après un trajet qui parut durer une heure pleine, le véhicule tourna le dos à l'île de Casamuerta et s'enfonça dans les terres.

Caine s'estima sauvé.

Cependant, malgré cela, il continua à crisper les muscles des épaules, se raidissant dans l'attente de l'explosion qui soulèverait le car et l'expédierait dans les airs.

Cette explosion ne se produisit pas. Deux heures plus tard, il débarquait à l'aéroport. Il dut payer fort cher son passage sur un petit avion vétuste qui paraissait sortir des surplus de la Seconde Guerre mondiale, mais il s'en moquait.

Quand le coucou prit son vol, Caine éclata d'un rire hystérique qui fit hausser les sourcils au pilote. Il n'en revenait pas d'être encore en vie.

13

Le 17 septembre, la milice de la mine prit pied sur la plage de Casamuerta. Quelques jours plus tard, les dynamiteurs s'attaquèrent au bunker qu'ils firent sauter, cloison après cloison, étage par étage, le réduisant en un monceau de décombres. C'est en déblayant les gravats que l'un des ouvriers découvrit l'entrée du passage secret et la caverne-musée où trônait le canon entouré de ses munitions. Le cadavre d'un vieil homme avait roulé au bas de la plate-forme de tir, la main droite crispée sur la poitrine, à la hauteur du cœur. C'était celui d'Alfred Hoogleborn, le vagabond qui depuis plus de cinquante années vivait dans les ruines de la maison. À son expression, il était facile de deviner qu'il avait succombé à un infarctus quelques jours auparavant. Sa main gauche serrait une grosse paire de jumelles d'artilleur qu'on ne parvint pas à lui arracher des doigts. Le corps avait déjà commencé à se décomposer.

La présence des obus faisant craindre une explosion, on fit venir un démineur professionnel du nom d'Antonio Fídel qui s'attaqua aussitôt aux projectiles entreposés dans la casemate.

Désamorcer les fusées fut un travail long, difficile et dangereux, mais, passé le cinquantième obus, Antonio Fídel comprit que quelque chose n'allait pas…

L'obus qu'il tenait entre les mains était factice. Oui, factice : une masse pleine, extrêmement lourde, qu'on avait badigeonnée de peinture au plomb. Lorsqu'il gratta cette pellicule avec la pointe d'un canif, il recueillit un copeau brillant. Une épluchure d'or.

Il venait de trouver le trésor de Casamuerta.

Il ne lui fallut pas longtemps pour s'assurer que les cent cinquante obus rangés comme des quilles le long de la paroi étaient en fait des lingots refondus et maquillés. Des ogives d'or pur camouflées au milieu de projectiles bien réels… Un trésor enfoui dans un arsenal.

Antonio Fídel était un homme réfléchi. Il ne parla de sa trouvaille à aucun des ouvriers présents sur le chantier et prévint aussitôt Gabriele Adolfo Parduras – le Nabot – qui quitta à l'instant son bureau du centre d'exploitation minier pour venir constater les faits *de visu*.

On ne sait pas ce que se dirent les deux hommes lorsqu'ils furent seuls dans les entrailles du piton rocheux, mais les obus furent évacués avec un grand luxe de précautions, et Antonio Fídel annonça à la cantonade qu'il allait les faire exploser sur une plage déserte selon le processus habituel, très loin de San-Carmino, par mesure de sécurité… Personne ne proposa de l'aider.

Les ouvriers poussèrent un soupir de soulagement et se remirent au travail, contents d'être enfin débarrassés de « ces saloperies qui pouvaient péter à tout moment ».

On arasa le sommet du piton comme on lime une dent. Plus tard, on coula du ciment dans le passage secret. Le canon et les vitrines, ainsi que les derniers souvenirs de Herr Von, sc trouvèrent englués dans ce sédiment gris, tels des fossiles prisonniers d'une argile millénaire.

Voilà...

On raconte que, peu de temps après, Gabriele Adolfo Parduras démissionna de ses fonctions de directeur et quitta San-Carmino. Dans le même avion voyageait un ex-ouvrier de la mine, un certain Antonio Fídel, qui portait pour la circonstance un costume neuf et de belles bottes de lézard.

On ignore ce qu'ils sont devenus, mais on prétend qu'ils auraient quitté l'Amérique du Sud pour s'installer en France. À Paris peut-être…

Du même auteur
aux Éditions du Masque :

Dans la série *Les aventures d'Oswald Caine* :

AVIS DE TEMPÊTE

SÉCURITÉ ABSOLUE

Composition réalisée par FACOMPO (Lisieux)

Achevé d'imprimer en octobre 2006 par
LIBERDÚPLEX
Sant Llorenç d'Hortons (08791)
N° d'éditeur : 78895
Dépôt légal 1re publication : septembre 2006
Édition 02 – octobre 2006
LIBRAIRIE GENÉRALE FRANÇAISE – 31, rue de Fleurus – 75278 Paris cedex 06

31/1396/6